大地萤光

武建华 著

山西出版传媒集团
北岳文艺出版社
·太原·

图书在版编目(CIP)数据

大地萤光 / 武建华著 . —太原：北岳文艺出版社，2022.8

ISBN 978-7-5378-6607-1

Ⅰ. ①大… Ⅱ. ①武… Ⅲ. ①诗集—中国—当代 Ⅳ. ①I227

中国版本图书馆 CIP 数据核字（2022）第 151215 号

大地萤光

武建华◎著

//

出品人 郭文礼	出版发行：山西出版传媒集团·北岳文艺出版社 地　址：山西省太原市并州南路 57 号　邮编：030012
选题策划 刘卫红	电　话：0351-5628696（发行部）　0351-5628688（总编室） 传　真：0351-5628680 网　址：http://www.bywy.com　E-mail：bywycbs@163.com
责任编辑 刘晓京	经销商：新华书店 印刷装订：涿州军迪印刷有限公司
书籍设计 石媛元	开　本：787mm×1092mm　1/16 字　数：265 千字 印　张：21.5
印装监制 郭勇	版　次：2022 年 8 月第 1 版 印　次：2022 年 8 月河北第 1 次印刷 书　号：ISBN 978-7-5378-6607-1 定　价：88.00 元

本书版权为本社独家所有，未经本社同意不得转载、摘编或复制

作者

内容简介

本诗集共收录了作者 2017 年以来创作的新诗 200 余首，分"亲情悠悠""乡愁袅袅""情丝绵绵""风情缕缕""心深幽幽""诗思深深""友情常常""时代昭昭"8 个部分。全面展示了诗人近年来的诗歌创作风貌，诗作以饱满的人民情感，丰富的生命经验，捕捉社会生活和自然中的人、事和现象，进行描绘和透视，饱含着对人类、时代、自然的关爱和思考，富于哲理和情趣，在形式上不刻意雕琢，自然而朴实，既记录时代，又展望未来，既倡善向美，又弘扬仁爱，既可作乡土史志观，又可作精神净化剂，起到了以诗载道，以诗化人之功效。

序 /

诗是人与万物的婚姻之子
——弁言

武建华

《大地萤光》终于与读者见面了。这是我继诗文集《天镜》（2008）、诗集《七情》（上下·2012）《时间的片羽》（2017）、散文集《阡陌情》（2019）之后的又一部诗集。

该诗集从2021年9月16日开始整理，至2022年3月中旬整理完毕，历时半年时间。诗集选录了2017年以来5年时间创作的200余首诗歌作品，其中部分作品在报刊公开发表过。和以往出版的作品一样，本部诗集作品的分类、分类命题、作品排序等，均是按照自己的构想自行设计的。全书共分8个部分，分别是："亲情悠悠""乡愁袅袅""情丝绵绵""风情缕缕""心深幽幽""诗思深深""友情常常""时代昭昭"。每个部分中有组诗和单首诗相间。各部分的诗是根据内容排序的，不根据创作时间排序，此外，我还优选出8幅自己近年来创作的抽象线画配诗作品，作为插图，以增加诗集的趣味性、可读性。

诗集的命名采用了2008年我在北京获奖的组诗《大地萤光》的标题。我认为，本诗集作品的创作素材均来自人民、来自大地。从大自然中的一草一木、一花一果、一山一水，到人世间的一城一镇、一乡一村、一人一事，都是创作的素材——大地的万事万物是取之不尽的创作源泉。草木荣枯，人事生息，自然轮回，人与万事，人与万物，人与自然，无不相依相偎，相交相融，赋予情感，生发温度，闪烁光芒。在历史的长河中，在大自然中，人是渺小的，草木是渺小的，但我们能够从中感受温暖，获得慰藉，接纳光芒。尽管这光芒是微弱的，若萤火闪烁，但却能够照亮阴暗，能够汇成人间烟火。我发现，这些光芒是永生的，是伟大的，是珍贵的……她们汇聚成了无尽的生活之光、地域之光、时代之光、情感之光、思想之光、精神之光、生命之光……正是她们才使得人类和自然生生不息！这就是本诗集命名为《大地萤光》的原因所在。

在数十年的诗路行走中，愈加感到诗路无端、诗峰无巅、诗艺无路……由此可见诗之艰难！由于诗之无限，所以在数十年的诗路行走中，始终没有写出使自己真正满意的好诗来！同时也感到，发现和遇见真正的好诗也少之甚少。这也正是大凡所有的评论家至今尚未给什么是"好诗"下一个"统一认可"的定义的真正原因！也正因为如此，才使得新诗在百年的发展中更具有吸引力，更具有发展潜力，更具有繁荣力！任何生命力都在无限可能中开拓！在数十年的诗路行走中，我发现，诗歌（新诗）乃至诗学，原来就是人与万物（当然包括人）的"心学"：没有一首诗能够脱离人与万物的关系的！本部诗集中的任何一首诗，都能证明这一点！在人与万物的关系中产生诗，当然，诗人与万物关系的独特性，也正诠释出诗人的独特性。诗能够使万物产生情感，赋予生命，使小物变大物，使弱物变强物，使死物变活物，使万物变一物，使一物变万物……诗原来是人与万物的婚姻之子！

  本诗集的出版，得到了诗界老师们的支持和鼓励。老师们对我诗集作品的评价，也进一步阐明了诗在"人与万物关系"中的特殊作用，这与我的诗观不谋而合——

  著名诗人、《诗刊》编委林莽老师在阅读本诗集定版稿件后，写评论道："武建华……为我们呈现了一个从农耕社会向现代化社会变革时期的一个人的生命历程和文化追求。他的诗是在为自己立言，也是在为这个时代立言。"著名军旅诗人、《解放军文艺》原主编、《诗刊》社原主编助理、第八届鲁迅文学奖诗歌奖评委会委员刘立云老师读完作品后评论道："武建华的诗歌……这种写作是中国诗歌走向未来的必经之路，也是我们的诗人在这个革故鼎新的时代所应该保持的最基本的姿态。"著名诗人、评论家、《北京文学》杂志执行主编师力斌老师评论道："《大地萤光》既是诗人的生活之光，情感之光，也是诗人置身其中的地域之光，时代之光。"著名诗人、《特区文学·诗》主编宝兰老师对诗集这样评价："武建华的诗，植根于社会、人民与自然，作者对宇宙万物的情感和热爱，朴实而真诚。他的创作，闪烁出万物的思想之光、精神之光、生命之光……"。此外，另有诗人、评论家、北京师大文学博士张高峰老师，诗人、油画家、《当代文学·海外版》总编辑张造云老师，也对《大地萤光》作品进行了中肯的评价。师力斌老师还在百忙之中为本书题写了书名。诸位老师对诗集的评价、肯定、支持和鼓励，在此深表谢意！我将以此为动力，在今后的诗写中，走出并走好自己的诗歌之路，不遗余力，将更好的作品奉献给社会。

　　本书的出版，更是得到了北岳文艺出版社副编审刘卫红老师、责任编辑刘晓京老师的关心、共识和支持。在诗集作品的初校中，得到了文友韦新超、姐姐武庆华、外甥女斐然的热心帮助。此外，妻子王小玲一直是我多年来诗歌创作、作品出版的坚决支持者和持恒鼓励者。在此，一并致谢！

目录

001　序 / 诗是人与万物的婚姻之子——弁言

第一辑 | 亲情悠悠

003　茅草（一）
005　茅草（二）
007　清明日祭母
008　母亲在村头张望（组诗）
010　麦秸茅屋
011　谁在唤我的乳名？
012　望见圆月
013　冬日，阳光下的故乡
015　麻雀们并不知道
017　很少看到父母肩并肩
018　向父亲汇报他不知道的事儿
020　挥洒
021　阅读
022　静夜
023　凌晨，在透明的雨帘里
025　春节，我心飞翔

028 沉默的火焰（画配诗）

第二辑 | 乡愁袅袅

031 九月，开满村头的牵牛花
033 一只麻雀，总用枪口对准我
035 在原野上挥手的人
036 崖上的根须（组诗）
039 站在遥远的地方，回望村庄
042 古往今来（外二首）
044 仰面人
046 远方（组诗）
048 老花眼（组诗）
050 岁尾（外一首）
052 站在存在和消亡的身边
055 不吃草的马群
056 僻壤里的燃烧
057 磨砺视线
058 我们膨胀着，思想愈来愈大
060 边缘诗
062 鸟鸣从天空飞过
064 三月的通知
067 床单上的除夕
068 尘世的风景
069 世界，你好

071　遇见：大山深处的震撼风景

074　深处的隐秘（画配诗）

第三辑 ｜ 情丝绵绵

077　远方有爱，飞在春天

078　此时，我不敢听

079　吾为汝醉

080　相距迢遥心相印（组诗）

082　我像等待鸟鸣，等你

084　完美的你，只属我一人

085　我喜欢

086　亲爱的，你用……

087　携一缕四月的风，飞翔

088　不枉来世，度诗意人生

089　我想让你发现，我真诚地爱你

090　遥瞰千年遇，谁人是归心？

091　独自一人在河之岸，想你

093　哥哥可是两手空空，向妹走来

094　沉默的火焰

095　我想起了那片云

096　沉默的火焰以及倾倒的河流

098　最后的告别，永远站在初心里

100　他试了又试，终未开口

101　春天的首领

103　压力爱情（二首）

105　遇见

108　欲望的倒影（画配诗）

第四辑 | 风情缕缕

111　水鸟

112　天籁之音

113　因为雨，因为风

115　春天的烈焰

116　春之歌

118　阳光漫上了窗棂（外二首）

120　世界，用影子为我开启窗子

121　一只麻雀，从我手中起飞（外一首）

123　一截彩虹跌落于僻壤

125　天空

128　云霞映照

130　春天的花朵（组诗）

133　南飞雁（外一首）

135　在偌大世界的风雨中

137　雨中倒影（二首）

139　遗落在我手掌上的鸟巢

140　打开人类原点的窗

142　启春图（组诗）

146　无限之末（画配诗）

第五辑 | 心深幽幽

149　万物中

151　光,或者其他

152　爬坡

153　秘密

154　从 2019

155　自画像

157　踌躇帖

158　从医院回来(外一首)

160　活何

162　世界庞大

163　闪光

164　世界里(外一首)

166　美丽(外一首)

168　写在生日

169　灯塔(外一首)

170　聆听帖

173　银河载着我的欲望飞

175　用沉默覆盖海平面的涨潮

177　摁住衰老

180　天镜(画配诗)

第六辑 ｜ 诗思深深

183　十四行（组诗）

187　渺小（组诗）

189　大海深处（组诗）

193　论迟缓

195　比一寸光阴还短的诗

197　致海子

198　时间碎片（外一首）

200　沉入海底的（外一首）

202　写作：描绘一种蓝（外一首）

204　一分钟的时间

205　今生，我只写一首诗

207　没有需求的寻找（外一首）

209　用什么平静之心，倾听宇宙回响

210　黑屏（外一首）

212　错误帖（组诗）

217　在今天"世界诗歌日"的节日里（朗诵诗）

223　在正月初七人类共同的生日里（朗诵诗）

228　静生命（画配诗）

第七辑 ｜ 友情常常

231　曾经的足迹（朗诵诗）

233　相聚在今日

234　遥想当年别离时

235　一遇的风景（朗诵诗）

242　旋转（画配诗）

第八辑 ｜ 时代昭昭

245　关于口罩的诗

248　从德黑兰剧院弹奏出的交响

249　站在易地搬迁幸福村楼顶

251　在市中心，是谁让我听到了鸟鸣

253　地平线上，又升起一轮新日

255　方城关工委走进联合国

256　南阳之暖

258　我们用脚步踏醒王维的衣冠（组诗）

261　从二郎庙镇古村落走过（组诗）

265　中国之香（组诗）

270　干细胞，生命的飞翔与降落

272　时代新芳（组诗）

275　第16病区

277　高考钥匙

280　中国脱贫攻坚（朗诵诗）

286　这个光辉形象，在我们心中永远站立

288　谷城星火

290　走遍大半个中国，去爱你（朗诵诗）

299 中国鸟巢

301 走进八里岔（组诗）

305 厚德幼儿园印象（外一首）

310 无言及其他（画配诗）

┃附录

313 专家、诗人对武建华诗集《大地萤光》作品的评论
　　/ 林莽、刘立云、师力斌、宝兰、张高峰、张造云

315 原乡记忆里，我们如何点亮内心的灯盏
　　——谈诗人武建华诗歌的乡愁元素 / 张高峰

322 以人民为中心的创作才能走向世界
　　——谈诗人武建华诗歌的人民性 / 郭国祥

第一辑 | 亲情悠悠

茅草（一）

茅草在风中舞蹈
仿佛披着我童年冬日褴褛的衣裳
紧围着父母摇摆着身躯

它们用洁白的根深入坟茔的内部
仿佛探寻着父母一生的清白
并用茁壮的生长和谦逊的低微
延续着父母的生机

它们又用洁白的花朵
向春天挥舞着手势
仿佛在风中舞动着父母闪亮的银发
我看见，还有渴望春华秋实的
眼神在闪动……

我用一张洁白如雪的纸
写满感恩和祈祷的诗句
清明日，在父母的坟茔前泣吟

我们和儿子与茅草们肩并着肩

深深地鞠躬、鞠躬——
我们和儿子的额头贴近泥土
与茅草们等同的高度

2021 年 3 月 29 日粗就

注：辛丑年清明节前夕，为纪念父亲辞世 29 周年、母亲辞世 28 周年而写。本书注释均为作者所注。

茅草（二）

雨水，将冰冻融化。茅草们又开始
在母亲的坟茔上开花发芽
茅草们知道，母亲一上火就彻夜不眠
爱喝茅草根熬成的开水
于是，它们就用爱的绿叶
为母亲搭建起住惯了的茅屋，护卫母亲

到了春荒时节，母亲最怕的是贼
茅草们用洁白的根，为母亲编织
用惯的柴门。盛夏时节，炽热的阳光
总照不到母亲的房顶，那是茅草们
举着密集的绿伞，为母亲遮阳

雪过天晴，茅草们用枯黄的叶子
率先蒸干雪水，乡下的大哥在大年初一
擦燃坟上的茅草，茅草们用自焚的热量
争先恐后，为母亲调高室温

王玉珍的名字携带母亲一生的爱玉
但母亲从未佩戴过玉饰的光环

茅草们焚身而不死亡
春风吹过，就又用白玉的花絮
为母亲盖上纯洁一生的玉被

请原谅我，母亲，直到今日
我还远不如一丛茅草给您的温暖
现在，我只能在您房前
将这首茅草的诗歌，擦燃
点亮您室内的灯盏
弥漫成霞光……

清明日祭母

苍天刮着伤口深处的骨头
白蝴蝶浩荡惨死大地
白骨末,撒在母亲的脸上
天空无边的白,白成我脑海
我擦拭母亲脸上的不是汗
母亲的汗腺午夜已关上了劳碌的门
不是泪,母亲的泪已走完了
面颊上悲伤的路途。母亲的瘦骨头
就安歇在堂兄家房山墙东侧黄土上
临时搭建的塑料棚,穿着母亲
平生褴褛的衣裳,等候母亲起程
但没能遮挡住刺骨的风雪。村东荒岗
穿上了白衣服。天空强忍刮骨疼
一眼空墓穴,流着悲伤的泪
望着天,静待着母亲入住——

母亲入住后第二十六个清明日
我来到母亲的门前。只见
翠柏长成威武卫士,守着门户
茅草们举起千万面绿旗,欢呼
我擦燃三部诗集,点亮母亲长夜

2019 年 4 月 5 日

注:为母亲辞世第 26 个清明日而作。

母亲在村头张望（组诗）

母亲在村头张望

母亲站在村头张望
黄昏迷惑着她的眼睛
我知道，她在张望父亲、我，还有姐姐

黄昏中，她站成了村头的老槐树
苍老的枝杈在风中张开
遮挡住母亲的天空

落雪用洁白穿透夜幕
穿透冬风以及母亲的视线
父亲、我、姐姐还没有回来

如今我站在阳台张望
落雪穿透灯光
我的视线被一个村头的人影牵着
总无法收回
落叶一样不可收回——

风，在吹

父亲多少次用我童年时
他趴在麦秸糊的房坡上塞鼠洞
裤管的风，吹醒我
如今昏昏欲睡或物欲膨胀的
头脑——

萝卜花

忘在阴暗处的一只萝卜
今天我要把它扔掉，当我捡起
可它面朝暗处开满头颅的小白花
让我含泪捧在手中，久久不肯松手
这明明是捧着父亲母亲的满头白发……

清明雨

今天，有人在楼内听雨
有人在坟内听雨，他们听到的
都是思念的泪雨声……

2018 年 4 月 5 日清明节晨

麦秸茅屋
——写在我少年居住的茅屋边缘以及土坯墙壁

  曾经居住的方城县券桥乡王士文庄的那间茅屋，是它让我不能不写下这几行字。它是我少年居住且为我遮风避雨、伴我成长的茅屋。那种用石磙碾去麦粒之后的麦秸、作为耕牛饲料的麦秸，淅水后用双手把在一起码在房坡上的麦秸，代替蓝瓦的茅屋。夏季或秋季漏雨时有它巨大的功能。但如今，它早已坍塌了……
——题记

谁说你已坍塌？

土坯砌成的十五平方米茅屋

谁说历史已淘汰了你？

你漏雨的滴答声响

寒风亲吻屋檐的低吟

室内暗淡的光亮以及

洪水到来时，你的不慌不忙……

时常成为我风雨中的船桨——

你麦秸的另一深层用处

构成我一生的财富

成为大地深处久远的回响——

人类未来暗夜中的光亮？

还是市嚣中的静壤？

2017 年 8 月 14 日傍晚

谁在唤我的乳名?

我已被热闹得充耳不闻了
我已被闪烁得视而不见了
我似乎成了聋人和盲人

反而这时我更能看到一种光
照亮了我的来路
我更能听到一种声音
改变着我的行程

这时,我径直往回走
越走越接近
来路的方向——

我更听清了
前夜的歌声,以及
谁在唤我的乳名——

2017 年 10 月 12 日晚

望见圆月

她刚从童年树冠里走出来
一直走进中年的云层里
当又走出来的时候
天接近明亮

在白天,我同样能望见
我看到的,是临近黄昏的田野
母亲头顶上的那轮

在大雪天,我同样能望见
她是我足以能够看到的
母亲眺望的那轮

现在我望见的那轮,那轮,那轮
她仿佛不会移动
不会钻进云层

她始终圆圆的,望着我
被我发现——

冬日，阳光下的故乡
——写给曾居住 30 年的河南省方城县券桥乡李许庄村王士文庄

风卷起初冬金黄的落叶，飘落又飞起。
是金币在故乡的黄土地上滚动又飞扬。

冬日的午后，阳光下这静静的村庄。
河流一直在村东蜿蜒如蛇向南流淌。

辘轳转动发出吱呀吱呀的声响。
井水用激动的眼神看着俺老娘。

南山墙下阳光中的乡亲东倒西歪已经酣睡。
是谁用心在土墙根上雕刻下这慈祥的群像？

几只麻雀在当院蹦蹦跳跳。
它们在黄土地上找寻口粮。

小猫从水道眼儿里探出头来东张西望。
它用饥饿的眼神让老鼠仓皇遁向远方。

用蓖麻叶包裹芝麻叶，饱满的包裹悬挂在屋檐下。
它与母亲手擀的绿豆面条交汇成一冬的晚饭面汤。

树木将裸露的枝干指向空空的天空。
风把树丫的鹊巢摇曳成来日的希望。

好脾气的村庄,整个冬天没有一次发怒和感伤。
柔软的麦苗铺满田野,一个冬天也没怎么生长。

我在遥远的冬日,遥望那遥远的村庄。
依然看见麦秸糊成的茅屋刚强的脊梁。

秋天茅屋漏下的雨水打湿我今日的衣裳。
但故乡村庄的阳光却成为我一生的暖房。

2016 年 1 月 30 日晨
2018 年 11 月 30 日改毕

麻雀们并不知道

松软的白雪像棉被盖着墓地
灰色的麻雀并不知道地上的秘密
它们怕的是前来扫墓的人

北风刺骨,雪野无际
他们在逝者门前
刚刚摆好肉、馒头和水果
然后点燃鞭炮和纸钱,烟云升腾
麻雀们退得很远
他们唤逝者起身取钱
磕头,与逝者交心
一时间气氛热烈,仿佛驱散了
冬日的寒气

渐渐烟云消散
来者退身,让逝者独享
麻雀们不知道这里的秘密
当人们散尽
它们便蜂拥而至
来共享一顿丰盛的美餐——

它们说着话,坟茔里的人们

也不知道它们的秘密

天空似乎无动于衷

夜幕渐渐降下来

麻雀们饱食了一顿

便悄然隐退

回到大地它们隐秘的巢穴——

天彻底暗下来了

大地上又燃起了灯火……

2018 年 12 月 31 日

很少看到父母肩并肩

父亲母亲整日各自艰辛地忙碌
很少看见他们肩并肩
悠闲地坐着或站着

他们结婚时如果有张
合影照,那肯定是肩并肩的
但我从没见到

如今,他们放下了艰辛和忙碌
平静地过着岁月
终于肩并肩了

但我还是不能看到
厚厚的土层和丛丛的茅草
以及满含的泪水
总是遮挡住我的视线……

2019 年 1 月 19 日

向父亲汇报他不知道的事儿

父亲的远见是他成功的舵手
但他的失败却是在他彻底失败之后

比如,我母亲的陈病使他彻夜不眠
坐卧不安的父亲为救母亲的命
听从乡医的话,像听祖宗的教诲
他按乡医的教导在母亲一服中药中
放上一斤大黄。母亲命大,病没好
却保住了命。父亲以为母亲的命
要比自己早从病炕上起飞。于是
他狠心锯下院中唯一一棵泡桐树
像锯下母亲的病根一样。用这病根的白骨头
给母亲做了一口厚厚的大棺材
用黑漆漆得像晴夜中的星空……

可不久父亲因心脏病突发也倒在了病榻上
他依然舍不得花钱(因无钱可花)
又偏听偏信乡医偏方。吃下
用蓝瓦片炙烤的黄鼠狼煳焦肉粉
想通过黄鼠狼的小道偷生,疏通血管

可父亲的命却翌日先于母亲从炕上起飞了

年轻的我无奈就用父亲为母亲做的
那口漆黑棺材，装进了父亲

父亲的离世向母亲陈病的伤口捅了一刀
我们生怕母亲遭受打击陈病加重
我们按住父亲去世的消息像按住死神头颅
一按再按，可包火的纸张终被燃尽
母亲悲痛的火焰在大年初二熊熊燃烧
沉痛的打击狠心地撕扯着母亲病痛的伤口
父亲去世仅一个月零两天的正月二十六日
母亲的生命便从午夜的病榻上也悄然起飞

父亲不会知道的这些事儿，我每每
跪在父亲的坟茔前，满含热泪
忏悔地向父亲汇报他不知道的
这些事儿……

2019 年 2 月 08 日

挥洒

梦醒，昨夜与远行的亲人在一起
相处而事

我和父亲一起拉煤
在门前泥泞的空地上堆成了山

我把大把大把的雪片向天空
挥洒，落成了阵雨

我感到，这大把大把的雪
像我发表的所有诗歌

我挥洒时，发现，生成了死
死成了生

父亲把架子车上，山一样的煤
挥洒，挥洒——

2019 年 4 月 11 日

阅读

错位的阅读，不是缘于
内容的不衔接——
"母亲的钥匙在别人手中"
"赞美的有效期太短
悲哀的剧情太长"
一直读到墓地，也没发现裂缝

诗句没能让我读出断裂
是我回头，才突然发现：
"我的钥匙在自己手中"
但与母亲的钥匙，却在同一串上

2019 年 8 月 14 日

静夜

萤火虫在远村深处发光
溪水在回忆中低吟

现在,如果没有楼林的灯光
不是夜,而是黑暗
是雨驱赶了喧嚣
但这种寂静只是一瞬

寂静与喧嚣轮番登上夜的舞台
相比白天,寂静大于喧嚣
而有一种低音歌手
躲在市容的深处献艺
仿佛祖母的粗针线
将寂静和喧嚣,以及灯光
紧密相连

偶有一声鸟鸣或笛鸣
祖母也将它缝缀在静夜的上空
仿佛天空偶现的流星

2021年5月17日中午

凌晨，在透明的雨帘里

是我醒后听到你的歌吟
还是你把我从梦正唤醒
在你普惠大地的黎明
你的吟唱催开了春天的门扉

夜幕被一只玉手撩开一角
垂下丝丝透明的雨帘
高楼和绿树从雨中浮出
大地一片朦胧的明亮

你用丝线缝织透明的玉帛
将大地干燥的裂纹缝合
荡涤浮在青枝绿叶上的尘埃
擦拭春天的翅膀和眼睛

在你沉稳、深远、透明的内部
可有一双睁大了的眼睛在注视着我？
可有一面温暖的襟怀将我囊裹？
可有母亲一样的乳汁哺育我的渴望？
在一张透明的雨帘里

广博的春天在内部接受着洗礼和润泽
时间就停留在她的门槛
万物被泅润，聆听这万古的歌咏

这是大地所需要的襟怀
也是苍天给予的福祉
这不是春天的阴雨
这是春天应有的喘息……

均匀而广博的音响，低沉而悠远
是苍天与大地的低声交谈
万物聆听，发出激动的回响
表达针对上天恩赐的激情

沉睡于大地以下的人们
包括我的父亲和母亲
经由此番深厚的关照
万顷草木庄稼在你们的头顶，焕发生机

因需要而给予，因给予而满足
一旦大地万物饱尝甘露
万端纤指将撩开雨帘
阳光普照，充满生机的脆响和生长
在大地上接纳和奔跑……

春节,我心飞翔

我把一年忙碌的果实摘下来
打成包,作为空中行囊
我把一年积攒的爱,装入心中
一按再按。我把一年没有说出的话语
收藏进口腔。我把孩子长年爱听的歌
一练再练……

妈妈,我因坚守边卡
今年春节还不能回家,请您原谅
妻子,这个春节因为疫情需要
我不再回家,请你原谅
孩子,春节我还要战斗在工地
我要给你说的话和要唱的歌
只得用视频给你交流,请你原谅……

假若我是一匹送信的奔马
家就是我的驿站
假若我是一只迁徙的候鸟
家就是我的鸟巢
假若我是一个飘忽的游子

家就是我温暖的归宿

春节，我心飞翔——
我用爱心，抵达温暖的家……

2022 年 1 月 25 日

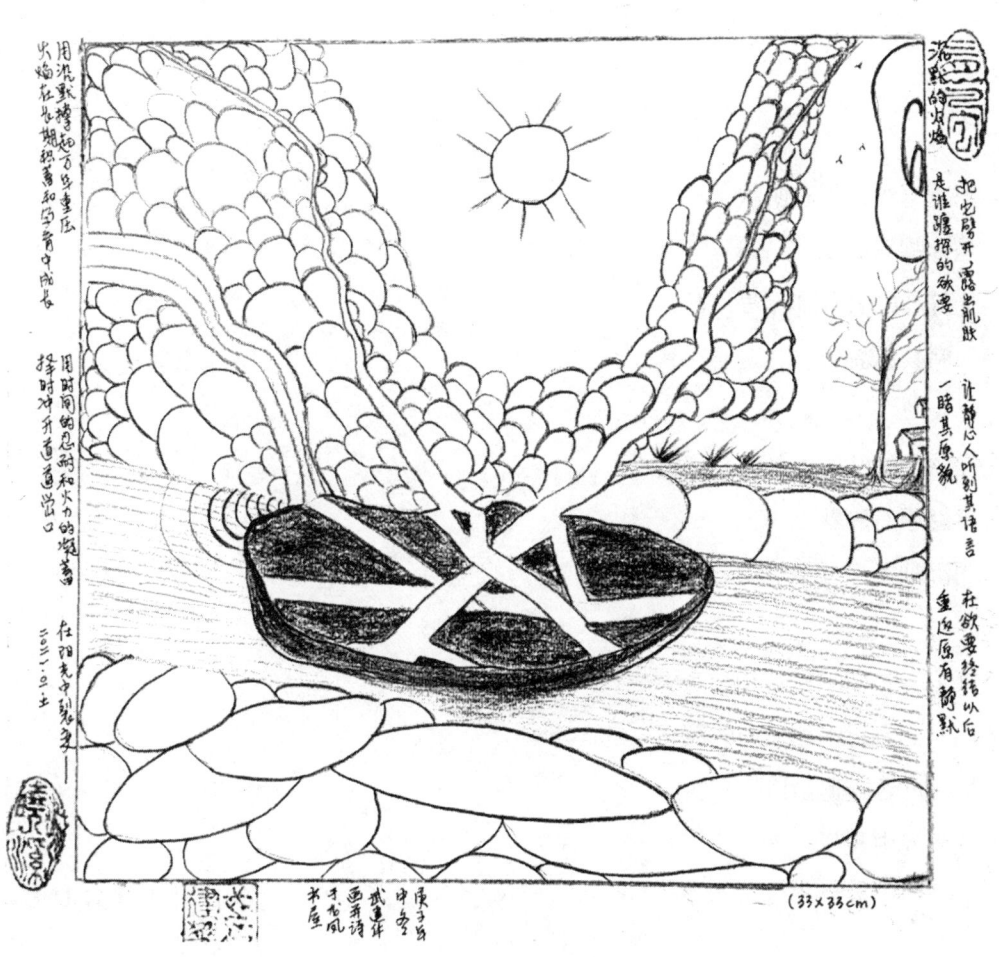

三月风（武建华）抽象线画配诗作品《沉默的火焰》
2021年荣获第八届"相约北京"全国文学艺术大赛绘画二等奖
原载《相约北京全国文学艺术精品集·2021》
2021年《当代文学·海外版》第43期。

沉默的火焰（画配诗）

把它劈开，露出肌肤
是谁躔探的欲要
让静心的人听其言语
—睹其原貌

在欲要终结以后
重返原有静默
用沉默撑起万年重压

火焰在长期的积蓄和孕育中成长
用时间的忍耐和火力的凝蓄
择时冲开道道出口
在阳光中裂变——

2021 年 1 月 11 日午

第二辑 | 乡愁袅袅

九月，开满村头的牵牛花

我愿用现代最快捷的手法
让这绿海中闪烁的星星
照亮所有盲目的眼睛
我愿把我秋天所有的收成
都堆放在这里。在这里
做一头脚踏实地的耕牛——

像那来路不明但渐宽渐坦的道路
延续大地的乡音和安静
我愿永远在这里耕耘和翻晒
成为你所拥有的河岸里的小船——

是你用燃亮河堤的火把
点亮村庄，以及周边
所有玉米、大豆、花生的黄昏
圈留所有连结野草的情感
消解季节的内涝和干旱
保持一种清醒的守卫和丰收——

像河流，用低矮而透明的持续流动

以及宽厚的容纳和隐忍

抵达曲折向前的永远——

2017 年 10 月 13 日晨草就

2017 年 10 月 15 日晨改毕

一只麻雀,总用枪口对准我

自那以后,一只麻雀
总用枪口对准我

那天,我分明放飞了它
它尖叫着,用一只眼睛飞向天空

从此,就开始有一只黑洞洞的枪口对准我——
被我用鸟枪打瞎的那只凹下去的眼睛——

它开始运用半个天空的黑暗开辟余生
(我认为,它也许不会活多久)
每时每刻都在用枪口,对准我的一切行动

  诗人后记:《一只麻雀,总用枪口对准我》这首小诗,奉献给尊敬的读者,成为呈奉给你们早晨的一杯清茶。当一个人做错了事情,就会反悔,只有让反悔去监督你的新途,新途才会少有新反悔。这是其一。其二,这首小诗,我所告诫的不仅是一个人的自我完善,而且还是一个人类的自我完善。人类本来就是自然的一员,哪有理由去破坏自然?谁能给权利让破坏自然?破坏自然,就是破坏人类自己,就是把自己关在死亡的笼子里。什么是自然?自然就是我们睁眼能够看到的一切。而不仅仅是一只小鸟、一株花草、一滴水、一小捧空气……呼唤人们保护自然，保护人类自己！

2017 年 10 月 8 日草就
2017 年 10 月 24 日改毕

在原野上挥手的人

他在原野上挥手的那一刻
我正站在火车的窗内
他挥手时，仿佛方向模糊
我没看见他周边有牛、羊以及狗
更没看见有人
我看见的是满地的油菜花黄
一条道路两行树木平行穿过
把油菜花海一分为二
两行树木的绿叶编满了树冠
花海的彼岸有浓重的山林
他站在距道路不远的花海里
挥手。天空很蓝，没有白云飘和鸟飞
我看见他又挥了一下手
一眨眼，他就消失在了花海中
他挥手时，我分明
听见了他的呼喊声——

2019 年 3 月 12 日午

崖上的根须（组诗）

飘飞的羽毛

我看见，村庄空气里充满幻想
村庄时间里飘飞云朵

我看见，村妹的红晕，一闪而过
母亲的额头缤纷着情绪
彩云下道道血脉飞速流淌
生命，从死亡中起飞
寻找再生的源地……

忙碌的小巷

走进故乡小巷亲人的表情
沉郁和碎语，让我在时间的
另一端，备感亲切

小巷的忙碌，让我的足音
急促，心率加快
可我在遥远的地方回望

却成为我，一生的宁静

在母亲的怀里

在母亲的怀里
我冰凉的雏体得到温暖

一只鸽子从屋檐下飞离
屋檐下阳光的温暖
巢中枝根和羽毛的温暖

母亲的体温，成为我终生的
被褥，火炭，三月的风暖
冬日的光线，大地升生的襁褓……

崖上的根须

在遥远的地方，隔着时空望你
你在我清晰的凝视里
额头上的青筋，编满了河崖

大雨滂沱，大叔的额头冒着白气
生出了根须……

故乡的酒

一滴酒,变成了一滴泪
一瓶酒,倒出来,变成了一地乡愁……

一个人死了,又活了
变成了一瓶酒。倒出来,一滴酒
变成了一地豌豆……

站在遥远的地方，回望村庄

站在遥远的地方，回望村庄
离村庄越远，村东的清河就变得越窄
流水就流得越长，她一直在我心中流淌
流淌成我血管里的血液。无端的河岸
成为我生命的海岸线……
我就是那片被风雨打湿的青草叶
不愿干枯，坠落在清河的水面上
跟随河流的方向，向前漂浮
碰撞出叮当的声响……
朝向广阔大海的方向
我成为充满生机的流动的水草……

站在遥远的地方，回望村庄
白色的冰挂一直挂在舅爷的下巴上
他用火石取火，用火纸燃烟，用麦秸糊房
他慢慢弯下的腰，凹下去的地方
正好对着庄稼地里的风沙和冰霜
表伯额头上的青筋，紧绷成河崖上
裸露的树根。大雨滂沱
表伯的额头冒着白气，生出根须……

成群表叔的新房终于在春节前盖好
拉土垫地，一头倒在了风雪中的西北地
跟随的黄狗惊慌失措……
表妹从南场走来，迟疑的脚步
走进了夏日傍晚的蝉声里……

站在遥远的地方，回望村庄
村庄很小，小得装不下我丁点的心事
村庄很大，大得我走不到边缘……
母亲丢下旧包袱走进村庄
又捐起了更沉重的新包袱
她拖着病体劳作，像走进黑土地的泥沼里
母亲曾被缠裹的双脚，尖尖的，小小的
走出村庄没多远，就跌倒在地
但她又坚强地爬起来，返回村庄
从此，她再也没有走出村庄的门槛
从此，村庄便成为父亲的圆心
姐姐的摇篮，我的襁褓……

站在遥远的地方，回望村庄
三十六年已经过去，无论白天和夜晚
只要我面南而立，村庄泥土的气息
就扑面而来：刻在岸上的皱纹
隔着月光的凝视，挂在草尖上的笑声和
泪珠……它们不亚于春风，不亚于秋雨

时常让我陷入深思和眷恋之中……
母亲虽然早已远离,但她仍站在村口张望
她久久地站立,像村庄一样
站成我一生的灯塔,永远的航标——

2018 年 4 月 26 日晨

古往今来（外二首）

曾经的海底
有一种热烈涌动
谁在呼唤："突围！"

群山隆起
木船沉于山涧

曾有的群山，在这里耸立
谁在呼唤："沉下！"

大海底部
风暴和狂澜涌起

我来到这里
万物守序——
岁月轮回，古往今来

2018 年 8 月 25 日晨

对照

湖面如镜，清净透明
我们从尘俗中出走
静立湖畔

看到浮尘布面
羞愧难耐

沉心如山
浮出水面

大雁南飞
白云飘忽

2018 年 8 月 25 日晨

候车室

自由，投奔静水
往返之母之孕

若石击水，十万个方向迷路

彼岸，伸出手臂
时间框不住久囿——

2018 年 12 月 15 日于北京西站候车室

仰面人

一个夏日。空调外机滴着水
他穿着棉袄棉裤，两脚在前
像丝瓜的触须，探着路
两臂在后，两手着地
像房屋的支架，保持着稳定
面朝天，向后仰，望着烈日
像看一场火热的舞剧
在热锅似的水泥地上向前蠕动
像一只受伤的螳螂踉跄逃命
满脸的水，像刚从蒸房里出来
面朝天，向后仰，向前走……

我顶着烈日，走过去
向他系在胸前的铁罐里
放了一张纸币。他向天点点头

翌年冬日。他仍穿着夏日那身
棉袄棉裤，棉裤破裂
露出臀部。双脚在前，着地的双手
戴了一双棉手套。在雪地上蠕动

胸前的铁罐，稀疏的雪粒在跳动
他面朝天，向后仰，看着空中飘落的雪粒
满脸的水。我以为那不仅仅是雪水

我顶着落雪，走过去
将铁罐里纸币上的雪粒抖落
放了一张纸币。他向天点点头
咧嘴笑了笑。我仿佛听到
他说了句什么。朝天的嘴唇
分明翕动了一下……

2019 年 2 月 10 日下午

远方（组诗）

远方

从迈出第一步开始
就越来越接近远方
纵使永远不可以抵达——

挂在山顶上的红日

傍晚或黎明，站在阳台上眺望
总有一轮红日挂在远处的楼顶
霞光普照着植被极差的群山
但山涧激流永进——

开始松动的牙齿

我所担心的，并不是乳牙的松动
也不是因为炎症

慢慢弯下的腰

我看见,慢慢弯下的腰
凹下去的地方,正好对着风沙来临的方向

光阴

一个人的足迹
一个人越走,所拥有的就越少
光阴在退却……

活着

面对死亡,你会感到活着的幸福
面临死亡,你会更加感到活着的幸福

四月

当春天留下的这个艰难命题
写进四月,便迎刃而解
大地焕然一新——

老花眼（组诗）

挥挥手

桃花村，桃花源里

有一个人，向天空挥挥手

樱桃沟里，有一个人

向东方挥挥手

河岸上，有一个人向河水挥挥手

大田里，有一个人

向牛，挥挥手……

他们挥手时，好像都说着什么

我仿佛听清了，又仿佛

没听清——

2016 年 3 月 8 日

老花眼

它用渐次模糊的视线

为你竖起了里程碑

为你指明身后和眼前的路程——

2018 年 4 月 16 日

流动

枝叶婆娑于微妙的风声中。
另一种、两种、三种机械声响列队加入。
童年的话语在风中绽成花朵。
车笛清脆、单一、尖刻，
像鸟鸣的刀子，划过城市的天空。
救护车鸣叫着，像快艇、闪电般飞越而过。

有人在窗前伫望，有人燃起灯火，
有人失聪于山海某一个坡度，
有人任尘世风雨暮色里的一切
随意的流动——

2020年6月28日傍晚

岁尾（外一首）

年在前头，不远，昂着头

头脑清晰，而尾巴紊乱

不一会儿，你数出几件事情

像打发孩童，一个个打发走

不管水停流或人止步

不管阴雨或雾霾

太阳兀自独行，月亮兀自轮转

穿越云雾和雨雪

你不需要紧张盲从

也能越过岁尾，跨进年头

山的那边，或晴空万里

或阴雨连绵

你也看得分明，实际上

它早已在你的心头，集聚或闪亮

2017 年 1 月 3 日晚

年头

忘记一切就像忘记一年
它是你的手掌
翻掌如云。那山头就在你的身后
有时,阳光照在山脊上
有时,阴霾沉浸在夜里
现在,可以啥也不想
也可以啥都想想
一切还没有开始,一切
从明天开始
一切,都开始了
缘何在丢弃中期盼?
又在获得中丢弃?
已经相聚,又要离开
已经温暖,又要冷遇
迈出前脚,后脚梳理
但心中明朗——
走出去的路,与回来的路
是对等的距离
出门的方向,无时不指引着
你回家的路……

2017 年 1 月 5 日午

站在存在和消亡的身边

我们拥有、发现、消失、期待……
仅一壁之隔，流动的自由像流水和空气
看不见被囚禁的事物内心
柔软的阳光，无法穿透壁垒
它所生育的阴影，各自坚守着领地
明白总靠近光明
人工造就的河流，流动着水和声响
而夜晚断流，令自然的河流
在深夜瞪着蔑视的眼睛——

病魔的集中营，寄寓一个个生命和希望
谁从远古开始，研究并实施着
一种常胜的超越。而让经验
流传的，仿佛没有国界
他们的目标完全一致。而他们的
失败亦完全一致

对于魔鬼，它是庞大的事物和
它们的牢笼。它所具有的吸引力
不是它的高大、美丽和花束

而是它的希望以及延迟幻灭

它在膨胀着身躯,仿佛在万物中

最不能消亡的事物。它的消除和嫁接

迓迎和哀送,似乎形成一种性比失调的场域

这个庞大的永不消亡的领地

几乎每天都在接纳诞生和消亡

让疼痛减轻,让血压降低或升高

用世界的手制造着桥梁,并不截断流水

用世界的光透视更隐秘的灶台、脉络

神奇就神奇在

愈来愈让存在透明,让枪法更为精准

它仿佛没有民族的隔阂和文化的差异

它说着时代的低语,在它自身的

孤独中学习不朽

它仿佛一个人的心脉互通有无

无论如何,神秘总会被一个个击破

世界共有的难题也许在时间里

被统一地打开。对于它的统一命题

正如阳光,均衡地分布

阴影总是被壁垒遮掩着光芒

仿佛在世界上,是同一的道理和启迪

它躲不过冬寒和春暖

站在存在和消亡的身边

灵魂总是站在绝望中发出哭声

缓慢的轮椅可以替代睡梦

睡梦可以消除失眠

死亡与新生，轻与重，高与低

都成为它的耳朵所聆听到的

弹奏与歌唱。站在存在与消亡的身边

窥见到了它的矛盾的内部

正在接纳阳光和风

存活和希望存活，遥望远方的春花

开在生命之巅——

2019 年 3 月 5 日

不吃草的马群

武汉市洪山区茂林屿岸小区附近两千平方米空地堆满万辆共享单车。
——2018年4月7日《视觉中国》

隆重的静马之海,无边无际
无期的希望,泛不起波浪
主人即使返回,也找不到原来的马
换马回家,放回不吃草的马群……

2018年4月9日

僻壤里的燃烧

一株探春花，在窗外僻壤里
低低地，绽放。默默燃烧成旗帜！
燃烧成猎猎火焰！
这时，冬风几乎卷走全部的树叶
大树显得苍秃无力。可你
却把青春的燃烧举过头顶！
你没有蜡梅那样鲜艳夺目
可我分明望见了——
这火焰由青变白，直至飘落
直至在耕耘者的头顶，洁白成梨花
棉朵
飘动成白云、白雪，在季节里，散发着
热气

磨砺视线

是什么让我视力模糊
真实的事物与我很近
但却让我视而不见或错误判断

是非的视线混淆了一切是非
结局的盲目就是捉摸不定

天空阴沉,大地被水汽笼罩
声音穿行其中。我期盼

阳光走出
照亮一切

但我能否看清
还是一个谜

我继续在碰撞中
磨砺视线,终明是非

闪烁火花——

2016年10月20日晨

我们膨胀着,思想愈来愈大

它们,因为我们,改变着……

我炒作着这些青青的蔬菜,就想到它们的祖先
我咀嚼着这些粉身碎骨的麦子,就想到它们的祖先
我用刀子切开水果的外衣,就想到它们的祖先
我看到芝麻油,在热锅里冒着青烟,甚至吐出火焰
就想到它们的祖先……

我,尤其是头发开出白花之后,就想到我的祖先
这时,我总也想到牛羊的祖先,林木、海洋的祖先
山峦以及一个村落的祖先,城市以及一个国家的祖先……

……这些祖先,和我目视到的,竟是两个世界的
对应物。而那些无法对应而单一的祖先,恐已灭绝

动物,植物,村落,种族,河流,
湖泊,工艺,行为,习惯……消亡者……
而灭绝了的祖先,它们永远没有了子孙……
而我们却肆无忌惮地膨胀着,膨胀着……

它们因为我们，改变着；我们因为它们膨胀着

膨胀着……我们向更高一级享用、攀援、体验……

人类依靠自身的聪明制造消亡，而消亡

又远远大于挣扎、寻求、忍耐、生存……

我们的思想愈来愈大，我们膨胀着

而它们就越来越小，直至病入膏肓

消瘦、停滞、灭绝——

2016 年 4 月 9 日晨
2018 年 4 月 27 日改毕

边缘诗

昨天写就今天的时间,让我提前一天
抵达雨巷深处犹豫的晨曦……

村头站着的那株弯腰老槐树
我听见,它一直喊出的疼
弥漫一头皱纹和白发

一个青年站在无边原野的尽头
他看到的太阳和星星,分外耀眼

没人听见。母亲内心的陈病
坚持发出数十年的呻吟

没人听见。护林人在收获季节
白花绽放在头顶的声响

没人听见。一个中年站在凤瑞路旁边
当除夕烟花凋零之时,失去的部分
越发响亮——

城市的珠宝和黄金,反而闪烁着暗淡的光
我站在路口,看见夜空划过的闪电,撕裂夜幕——

透过市嚣、尾气、雾霾……没人看到我的孤独
没人听见,我为谁急速的心跳
在迷茫中,没人找到该走的路

走出那条狭窄、泥泞、疼痛的雨巷
需要时间。终于来到天边,树木长出的词
讲述着无人关注的故事

而草径在通向边缘的顶端
生出使眼前一亮的花束,在那里
已明灭了一万年——

2019 年 3 月 3 日初稿
2021 年 10 月 6 日改毕于龙凤书屋

鸟鸣从天空飞过

孩子在叫,在市嚣上空
划过一只飞鸟。笛鸣穿越尘埃
天空和阳光恩宠着
一个城市的生活以及联想
田野里所有的生长
湖泊上闪亮的波光

诗人逃避在泰山之巅的居高临下
而在静隅聆听或遥望……
生命或生活的舞蹈或歌唱
表现出那样的亢奋和激昂
大地与天空对视
阳光和万花互换温暖
表达各自爱意

在春天,惊蛰的大地,复苏万有生命
玉兰一样早春的花,正与白云
暗送柔波。樱桃花也开始给少女抹粉了
而探春花,在僻壤里静憩
被满身的阳光和温暖氤氲着……

一只鸟鸣从天空飞过

夜晚飞翔的 UFO 光束？

流星掠过天幕？

市嚣及田野之上

那些与歌唱同频共振的翅翼？

划过去，划过去——

一只鸟鸣从天空飞过

知音者甚少，但嘹亮

已在某些心灵化为明亮了

2016 年 3 月 8 日

三月的通知

飞鸟从天空划过彩色龙舟
从我明亮的窗口划过诗行——

谁人低低的吟诵，诗词的翅膀
从唐朝的孩童，还是从宋朝的老叟起飞？

橘黄的光，已从东窗蹒跚而来
几日的春雨，已把大地和天空过滤干净

大地在远方选取最美好的枝叶和蓓蕾
用生命的气息在整个世界弥漫、荡漾……

阳光渐渐明白，她向世界说
黑暗已经过去，今日不会复返

桃花编满河岸、岗丘携手湖畔
油菜花铺满一地一季耀眼的黄金

燕儿回归，白头翁呼唤着"小花儿姐姐"
是什么鸟又变成了龙舟，又从窗外划向天海——

有人在呼喊，他并不是告诉你
春天已经到来。他边喊边专注地向太空挥手

诗人快要降生了。快看快看——
十万个诗人就要降生在三月的麦田

谁人明白，大地上的一切
原本是诗句的罗列、叠加和热恋

大地的龌龊，丑石般
藏在地表的背后，从不敢露面

光明拉着纯洁的手，争相荡涤所有的暗淡和嘈杂
尽管，蚊虫就要开始起飞

把秋天越过冬天的枯草，按在地表
春风抹上一层层翡翠的碧绿

湖水开始透明，闪烁少女明亮的瞳眸
彩色的裙裾，舞动的褶皱，携带着暖风……

低头的羊群，顾不上呼喊，用爱亲吻大地
开始放牧，西部蓝天上的团团白云

树冠开始涨潮,一冬萧条的孕育
用所有的翅膀扇动所有的暖风……

黎明,是所有的人、物期待的光
三月,是所有的复苏衷心的祈祷!

世界如此斑斓,在铺满碧绿和暖风的三月
所有的诗人,正在大地上降生,降生……

2016 年 4 月 8 日晨急就
2021 年 10 月 7 日改毕于龙凤书屋

床单上的除夕

它站在人类的床单上犯傻

它不知道床单有多少根棉线织就

更不知道床单上那双手套的秘密

它微眯着黄色的阴阳眼

它面对着眼前的故事犯傻

其实，我们同样也面对它犯傻

永远不会明白它这时犯傻的真正原因

我们知道的只是

它用囚囿一生的牺牲

换取我们生活中的乐趣

2018 年 3 月 27 日午看除夕（猫咪英短）图作文

尘世的风景

尘世的雨，尘世的风

尘世的小小与轻轻

尘世的青草在春天萌生

尘世的爱在月光下朦胧

尘世绵延万里的灯火

尘世闪烁明灭的星星

尘世有人在黄昏面向故乡伫立

尘世有人在夜晚遥望星空

尘世的我遇见了千年的您

尘世的您默默站在海岸线的风中

尘世的炊烟升起在原乡的黄昏

尘世的妈妈永远站在村口

老槐树下的阴影中……

2021 年 3 月 31 日

世界，你好

我站在每一个角落，向你致敬
世界；我面对每一粒尘埃
向你致敬，世界；你让我在疼痛中
发现和热爱，世界；你孕育的意义
以及给予、存在的意义
让我敬仰，世界——

第19病区的天使们，当美丽戴上面具
不为遮盖真相，只为让怪物退却
让血液和疼痛听从使唤——

我看见你们搭起了一座座桥梁
让白色和红色交锋，你们命令所有的
军队，囚禁并消灭所有的凶狠和魔鬼

在紧急中，你们口对口呼吸
空气异常紧张。你们此刻不是为自己
呼吸，你们为了让濒临窒息的灵魂
重新呼吸。多少个沉睡中的生命，被你们唤醒——

在远方，亿万双手创造的粉状、片状物以及
液体的神秘事物，经你们一双双手
弹奏成跨越死亡的乐章

你们有白色的双翼，不为飞翔
你们栖落在死亡的边缘，用儿女、慈母之心
唤醒亲人们的再生与希望

把守生命的驿站，用夜以继日的忙碌
架起医疗通向痊愈、死通向生的彩虹——

你好，世界；世界，你好！
你让我发现着并热爱着
你孕育出的一批批纯洁天使，让人类
每一个生命都能够安居、再生、重逢
平安、善良……拥有独特的生命意义——

2019 年 3 月 5 日晨

遇见：大山深处的震撼风景

  文友振群 2018 年元旦去大乘山游玩，偶见大山深处所有树枝、草坪、石岩上都爬满成群结队死亡的蝗虫……

  他在微信里写道："下午上山，遇见如此震撼的画面：成千上万只蝗虫拥抱着枯死在枝头，数量之多简直让人怀疑人生……"

——题记

它们或结帮成队，或结伴成双、或单身独个
抱紧枝条，抱紧枯草叶，抱紧土粒，抱紧石块
成帮成队、成片成海的"僵体世界"
在无人抵达的冬日领地
勾画出一幅类于"核战"后的"死亡风景"——
它们用躯体编织锁链和梦想
想用梦想锁住林木，建构严密屏障。它们想

抵挡冬日寒风
也许在已知集体死亡之前，它们用庞大的队伍
无法统计的数字，向大山深处的苍天祈祷
它们用裸露的身躯
在同一瞬间里集体捐躯——
也许，它们的身躯在气温骤降的凛冽寒风里
纷纷僵硬下来。在没有丝毫抗争力
或在暗夜，或在白天，纷纷僵硬下来……

它们似乎没有敌人,敌人对于一支庞大的
队伍,是无能为力的
它们用全部、一个不留的团结
用共同的英勇和统一的步调,集体抱紧
各自的依附。它们没有反抗和呐喊、挥戈和厮杀
在这个冬季,它们是没有敌人的!
世上没有任何动物能够与如此庞大队伍相对抗
它们以数以亿计的个体在展示庞大和威武
猛虎的队伍也会在它们面前束手无策
它们在没有敌人的集体捐躯中,让人类
为它们的"惨烈"感到震惊!
同时,又给予人类浮想联翩……

在非敌人的巨大天灾面前
亿万个生命是无法抗衡的——
无能为力抗争的全部毁灭
它只源于自然本身,仿佛没有人为
而战争不可能摧毁人类全部自己
未来摧毁人类的,源于人类无法抵御的
自然裂变……天赐裂变……
但也许这种裂变与人类积累的
破坏有所瓜葛。而人类只有在生存的空间里
珍爱自然和自我,才是对自然灾难的
最大逃离和抵抗——

2018年1月2日晚23时粗就
2021年10月10日改毕

三月风（武建华）抽象线画配诗作品《深处的隐秘》

原载 2021 年《当代文学·海外版》第 43 期。

深处的隐秘（画配诗）

根的方向

大地漂浮，天空横切

月光的底部

生生世界，海与阳光的圆满

灯火融融，花叶盈盈

谁把生命的地平线

抬高，降低，延伸

谁在激动，骄傲，忏悔

谁在隐秘中取出赞美——

2021 年 8 月 29 日于龙凤书屋

第三辑 ｜情丝绵绵

远方有爱，飞在春天

您在大海里捞到了一根

穿越梦想的银针——

我在尘世夹缝里望见了

晴空下的白帆——

沧海一粟也能闪烁出金光

远方的人携带着远方的梦想

闪电穿过雷声

海浪拍打心房

浩淼的海有颗细微的心

穿越未来的晴空

大地传递着三月的暖风

罅隙流淌着晓溪的琴声

远方有家，远方有梦

远方有颗融化在冰雪中的心

万有引力的磁场

隆起心潮的风暴

世界晴好如初，远方有爱

飞在春天——

2021 年 3 月 31 日

此时,我不敢听

此时,我不敢听
海上鸥鸣
春风摇响风铃
阳光打亮涛声
一面舞蹈,一方星明

此时,我不敢听
海岸杨柳涛声
银浪波波吻涌
岛岸怀抱,爱的轰鸣

此时,我不敢听
那优美音符
携三月暖风
带晓溪潺声
我心涌动,似海浪奔涌

2021 年 3 月 31 日晚

吾为汝醉

大千世界,人流潮涌

春花夏蝉鸟鸣

风吹万叶动

万香扑鼻,谁辨何香梦

车鸣聒耳,谈笑风生

谁人引我倾听

入鼻不嗅,充耳不闻

我行我素,唯图谧静

千年有缘,万年一梦

无边野草,忽见眼前一株红

似月夜行走,抬眼一抹流星

大地芳菲,一朵独馨

若千树桃花浪涌心中

吾为汝醉,仅为花鸣

不为白遇,只图万幸

2021 年 4 月 1 日

相距迢遥心相印（组诗）

相距迢遥心相印

雨打屋檐声声流，
吾心有情丝丝稠。
偷想暗爱谁人知，
揣爱潜乐独自有。
相距迢遥心相印，
歌容笑貌解我忧。
千里姻缘出谁手，
此生有幸福做舟。

2021 年 4 月 2 日上午

此生此梦此相遇

此生此梦此相遇，
此日此时此相依。
今生今梦今相逢，
今日今时今相思。

2021 年 4 月 2 日下午

缘梦

一树春花梦里开，
千端思念心上来。
唯我与你情相依，
万年嫣遇万年爱。

2021 年 4 月 2 日

为伊醉而醉

为伊《千杯醉》而醉，
昨夜未眠满眼泪。
文笔优雅情真挚，
酣醉恰似饮千杯。

2021 年 4 月 3 日晨

我像等待鸟鸣，等你

我像等待刚停下的鸟鸣，等你
我像等待雨中晴日，等你
我像等待太阳走一回回头路，等你
这会儿，树木遮住了阳光
我想让树影的柔波倒流过来
我像在黑夜等待黎明
这会儿，我大睁着眼睛
但，除了你用诗歌为我幻化的意象
我什么也看不见

是的，这会儿，树上又折回来了鸟鸣
但我听到的却是你的歌声
优美动听，似三月柔软的风波
抚摸我的心灵，将我心中的湖水吹皱
然后，波光粼粼，荡漾开去……

我像久病病人等待痊愈
好跨出病院，到阳光中去
到鸟鸣的树荫中去
我像通过一个人，上神一样

拉住我们的手,将我的电流传输给你
我相信哪怕是仅仅的一瞬
你也会感到我的体温

我像在清晨等待霞光
期待你闪光的眼神霞光一样荡漾过来
使我像小草,在风中颤抖,抖落一身露珠
接受你的温暖和光明

我像在梦中牵住了你温柔的纤指
想让你拉住我的手,歌唱着行走
向山岚走去——
世界好像改变了一切
就像我们站在内陆泰山一样的支点上
我们的视野,瞬间变成了无垠的海洋……

2021 年 4 月 5 日晨

完美的你，只属我一人

有一种歌唱，只唱给我一人聆听；
有一支花朵，只面对我一人绽放；
有一种关爱，只让我一人享用；
有一种甜蜜，只给我一人品尝；
有一种爱情，只有我一人拥有；
有一个吻，只向我一人馈赠；
有一个完美的你，只属我一个人——
……

2021 年 4 月 5 日晚

我喜欢

我喜欢，当我望过去，
发现你正投向我湖波一样的目光，
我感到突然，
春日阳光一样的暖。

我喜欢，我正搂住一只小羊羔，
如获至宝，像搂住一团天堂的棉花，
像搂住一团忘忧的白云。
而你正不期而至，
并在我面前，像小羊羔一样，
无忧无虑地撒娇。

我喜欢，失意和烦闷时，
随即听到你的歌声，
像走进山林，
听见的鸟鸣和潺声。
然后，你真的走过来，
我们向山林走去，
用我们的自然
回馈自然的恩赐——

2021 年 4 月 7 日晚

亲爱的，你用……

你用写在神奇诗页上的诗歌
扶持我走上爱你的路；
你用流行在时尚光盘上的歌声
引领我走上爱你的路；
你用绽放在绝美年轮上的美貌
吸引我走上爱你的路；
你用活力四射的青春和浪漫
让我在爱你的路上越走越年轻；
你用疾速向前的舰船上的海风
让我听见了你
在爱我的路上艰辛的脚步声；
你用擎天的海浪胁迫我浪漫
与你共舞；
你用无边的海域让我陷入
无边的爱海；
你用真心爱我的真诚，诱导我
走上真诚爱你的路；
你用迅疾的时间拨动我锈迹的发条
让我爱你的时钟瞬间旋转；
你用神明之手，拉扯千年缘线，
与万里之遥的我紧密相连——

2021 年 4 月 12 日上午

携一缕四月的风,飞翔

携一缕四月的风,
想让我心透明,
丢下凡事芜杂,
丢下一身铅华,
想携静心飞翔,抵达你的天下——

携一缕四月的风,
想让我心飘飘,
丢下世俗沉重,
丢下世故重重,
想携轻心飞翔,抵达你的梦中——

携一缕四月的风,
想让我心欢娱,
拉着你的纤指,
搂着你的纤腰,
在山林净野飞翔,抵达我们的极乐世界——

2021 年 4 月 13 日下午

不枉来世，度诗意人生

五百年仅一遇的擦肩，
你心迟疑在我的梦中；
茫茫人海仅一次的相遇，
你人影停留在我的心中。
何尝不是上神之手，
或你的留心在意，
让一刹那的相逢，
定格在彼此的爱中。
原来沧海一粟，依然能闪烁光明，
被你的慧眼一揽于你的梦中；
原来茫茫红尘，难埋耀眼辉暎，
是你的神明，被我感怀泪涌。
尽管我们彼此步履沉重，
但超凡脱俗的英明，
是会换来诗意的人生。
原来万般一人一世的一生，
唯有诗意的人生，才是不枉来世的一生。

2021 年 4 月 16 日下午

我想让你发现,我真诚地爱你

我想让你发现,我真诚地爱你——
我想用我的心灯,照亮你的夜空
我想把我爱你的力量,捻成绳索
捆绑住你,牵引你来到我的书房
我想用仅一句的诗行
就能扶持着你,走到我的山岗
我想用仅一束的目光
就能照亮你,走向我的迷茫
我想用千年等来的一吻
把我梦见你的脸庞灼伤
我想用仅一个夜晚
把千年所有的思念盛装
我想用长夜的不眠
把你思念我的孤灯挑亮
我想用千年等来的拥抱
融化你所有对我的梦想
我想用千年的一遇
走成万年的眷属——

2021 年 4 月 19 日凌晨 2 时 19 分

遥瞰千年遇,谁人是归心?

这超李白,真真的醉了!
是为谁醉,还是为红尘累?
孤寂的人,孤灯的影,一株芳诗,独香室盈!
过人千万无人顾,等来一人懂香来!
遥瞰千年遇,谁人是归心?
透过诗光,窥见一人,他等千年遇,你揽万年馈!
红尘流年,诗魂落魄,谁人画梦录,谁人为诗醉?
天下真人难行,走肉满街,世俗盈眼
独高者唯尊,独低者唯下。
情人不敢动真心,混者真心满眼飞!
我为情人醉,情人为我累!我有险阻,情人有难处!
原来千年遇,还有千年累!
真理真理,真人有理!
但愿勇者胜,真心不被昧!
情人成眷属,共圆千年梦!

2021 年 4 月 19 日

独自一人在河之岸，想你

独自一人在河之岸，想你，
不知你现在，在舰船上，忙得是否迷离，
听着你唱给我的歌《等下一次相遇》
这会儿，谁能看见我满眼的泪滴？
这会儿，阳光躲进了春天的云里，
昨晚刚刚下过一场春雨，
凉风吹着我的发髻，
凉凉的，渗透到了我的心底——

独自一人在河之岸，想你，
不知你现在，是否也独自一人，
在勾起对我的回忆，
我却不能看见你真真想我的泪滴……
你唱给我那悠扬动听的歌曲，
把我带进你与我千年的一遇里，
想起你送给我的心语，
我当时还被蒙在鼓里，
如今仅有的短暂相识，
可心已紧紧贴在了一起——

独自一人在河之岸，想你，
是谁让你在莽原之中发现了我，
是谁让你在千年之前，就定下了今天的相遇，
大千世界，人头攒动啊！
是谁给你的慧眼，让你在茫海之中，
捡起我这粒沧海的一粟，
至今你还没有回答我，
曾问你千万次的问题：
"是哪一束闪光，让你爱我迷离？"
"是哪一句诗行，吸引你与我不离不弃？"
"是什么磁力让你紧紧贴在我的心里？"

独自一人在河之岸，想你，
是上神之手，还是神明之意？
千年万里遥距，让我们走在一起，
我可是贫穷之人，我可是凡夫俗子，
我可是阡陌一草，我可是丛林一枝，
我只是与众迥异，胸有大爱大义，
我只是不与同流，心有大悲大慈，
我只是独辟蹊径，拥有永在路上的勇毅！

2021 年 4 月 20 日上午

哥哥可是两手空空，向妹走来

哥哥可是两手空空，来到妹的身边；
哥哥可是肩背空囊，向妹靠拢；
哥哥可是只写一首诗，攥在手中；
哥哥可是只有一颗心，与妹情有独钟；
你与哥哥的情感可不是用金钱能够买得到的，
用金钱可是永远买不来真正的爱情；
真情似海深无底，
爱情似锦金不换！
哥哥只携带一颗爱心，向妹走来，
哥哥只怀揣一片真情，向妹走来，
两手空空，两眼深情，
空空行囊，满腔真情，
我们有的是两双刚强的手，
我们有的是一颗赤诚的心，
我们会从无到有，从穷到富，
我们会成为世界上
精神价值的亿万富翁——

2021 年 4 月 20 日午后

沉默的火焰

你在某一个落雪的角落张开笑靥
我站在春天大海的岸边
遇见你,凝视你闪光的眸子
你闪烁的波光明明是日光和月光的欢笑
我一开始看见你的绽放
碎裂的心瓣就飘落在你的水面
她不是玫瑰,也不是船帆
她要借助冬天的灼烫
神游到你神秘的深处
哪怕是沉落到落雪的海底
也要感觉你恩赐的广怀——

2019 年 1 月 12 日

我想起了那片云

我想起了那片云
它像一页信纸,在天上飞
遮挡住了我的视线

我知道那是一片阴影
让我无法望见
从此,我抵达的心路
仿佛被折断——

在我数十年的风雨行程中
它始终成为我随身的谜语
我也已明白它的意图
但我永远无法破解
那片云后面
那轮圆月内心的
秘密——

沉默的火焰以及倾倒的河流

你回敬她传来的类于诗真实的夸张表白。
然而她踌躇了,然后类似消失在梦境中。
你小心谨慎起来,仿佛秘密被告白。
你揣度你真实夸张的回敬是否超度。
至此,河流两岸的历史性互应若云雾中的灯火。
河流流动着雾霭和寒冷,隔岸足见清晰的面影。
河水在潺潺地走远,希望燃烧在心中。
你仿若迷惑。你不得不把沉默的火焰按得更深。
这种火焰重压数千年了。没人愿意揭开这重压的面纱。
缘于受胁于通过明亮眼睛的类似当代数字的神速传播。
但此时,她却发出了类似忙碌的密告。
你便借助第三者的表达转达掩饰自己真实人性的火焰。
而你获得的密告你理解得很透并表现为理解。
但你并不排除你的怀疑是不愿出现的。
而第三者的表达仿佛架起了继续互应的桥梁。
河流流动着南北走向的寒风,雾霭消失。
河流阳光照彻,明亮,凛冽,刺骨。
但她用仿佛朴拙的真诚点燃一柱仍应怀疑的火把。
仿佛把冬夜的类似于历史性的河流照亮。
你看到了一种神秘而真实的希望近于火焰的点燃。

你用沉默的火焰点燃这神秘而真实的内心。

但这种真实穿着朦胧的衣裳，似流水一样透明和平常。

朦胧的衣裳包裹着内在的美。它与真实的外在并驾齐驱。

你真诚地相信河流上的桥梁具有一种使河流倾倒的可能性。

它唤醒了具有碰撞性的互动作用。但也许仅此而已。

仿佛这种碰撞能够闪烁出沉默已久的历史性火焰的光芒。

但没有人能够看到。这也许是河流倾倒之后的效果。

这种光芒实质上在一个狭小的空间里发热发光。

这种光芒科学地神秘地形成一种带有温度的磁场。

它神秘地产生一种内在的仿佛非故意的互引力量。

这种磁场的力量闪烁的光芒生发出互为温暖的热量。

这种光芒正是沉默的火焰闪烁出的光亮。

足以能够在已倾倒的河流两岸照亮彼此的阴角。

你被一种光芒完全包围，世界明亮。

你最清楚在这光芒的范围之中，她在其中。

而这仿佛她也是明白的。而她更明白的也许是

她所处的这种明亮，你也在其中。

同时，共同具有的囚禁的冲动在牢笼里肆虐。

并且这种共同的体验都不愿意明确发出光亮。

2019 年 1 月 9 日晚

最后的告别,永远站在初心里

你的人影失踪在几十年风雨的开端
唯一的分手即是最后的雨中别离
这也正是我几十年不敢听到你
战栗消息的真正原因

你的失踪,与你半生的愿望
紧密相牵。你明明知道那次相见
也许是徒劳。但你的愿望日子一样
无为的漫长和空洞无物

半生的追寻源自一芳的初心
纵使最终仍陷入空无,但在心中仍结满春天
而当你真正步入初心的边界,灼伤和
原本的无奈,都深陷于破灭的初灯

就像我捧给你那第一首新诗
春芽一样稚嫩,它绽成一瞬的昙花
终未能让你赏心悦目,沁香入肤
更无法结出哪怕是酸酸的果实

如今的失踪更无法叫醒你的不复存在
你的消失,也许就站在去年的春天里
而你的出现,也许就站在明年的秋风里
它任你与半生的愿望一起,永远消失——

2020 年 7 月 17 日

他试了又试,终未开口

终未开口,他试了又试。
是不愿触痛你的伤口?
还是不愿打乱你的秩序?

你孑然前行,走出孤独的你。
携带着什么样的思绪?
走进热火的天地。

他不愿开口规劝你,
任你自由地飞。
在海阔天空,抵达你应有归宿——

2020 年 7 月 18 日

春天的首领

你站在春天,向我表露出类于亲人的面孔
你正好与枝条上结满的花蕾重名

站在三月,你遇见的河流东岸的花丛中
不仅向我,你刚刚打开的花蕾
即在花丛中充当起春天的首领

你在一群沉静的山峦中隐藏
表达着对于世界的爱以及融入
你在运用,仿佛许多似曾相识的面孔
说出许多人的平静和幸福
让我悠然感到
世界太小,雷同太多

让我发现,你仿佛有着与深海平等的苦衷
被晃动的海面和潮声覆盖

目视着群山以及我,你想要说出什么
而终却,以一种隐秘的表达予以掩藏

你只是让我猜想，假若春天真的完全属于你
你肯定会把万物纺织成丝线
再用纤指，编织成一亿个花环
并一个一个，挂在春天的枝头

2020 年 7 月 27 日

压力爱情（二首）

镜中人

她停在街巷边，黑发丝在春风中跳舞
行人在川流。市嚣
这时在她手捧的镜面上，静下来
她读着自己的眼睛和耳朵
阳光照着，身旁的树枝指向天空
树枝正在萌芽。她要去见一个人
阳光照着，她绯红着脸
然后，抬抬头，向天空望了望……

2016 年 3 月 8 日

压力爱情

我不想运用石块装扮你
你却运用刀锋一样的闪光
砺亮我，又一次的成功

已不止一次地让我感到羞愧
你的力量，俨然成为我的黏合剂

但你在属于我的黏合时段
使我左右为难，甚至退却

但在你马力一样执着拉力下
我不得不挤出全身力量，走向你

你让我感到引力的明亮
吸引并照亮我，让我喘不过气
使我在你的驱动中产生动能和速度

每每在你的感召和驱动下
我获得的成功，都让我想到了
油和锤，以及明亮。每每这时

我都想对你说，亲爱的
请你再来胁迫我，我仍愿接受你
黎明前的黑暗一样的光明——

2020 年 8 月 9 日

遇见

是谁历尽亿万个艰辛
遇见我

你的身影对我说:
"前行,不要停下,即使你不认识路"

你的缓慢,让我沉稳
并让我知道返回

是谁历尽亿万个挑选
遇见我

让我步入捷径
节略亿万个日子

当你在黑暗中燃烧沉默的火焰
让我在逆境中找到自己

你的沉思,让我善思
并让我向艰难微笑

当你走向我

让我明白，大海深处有跌倒和爱

远方有，站起和峰巅之花

2020 年 8 月 9 日

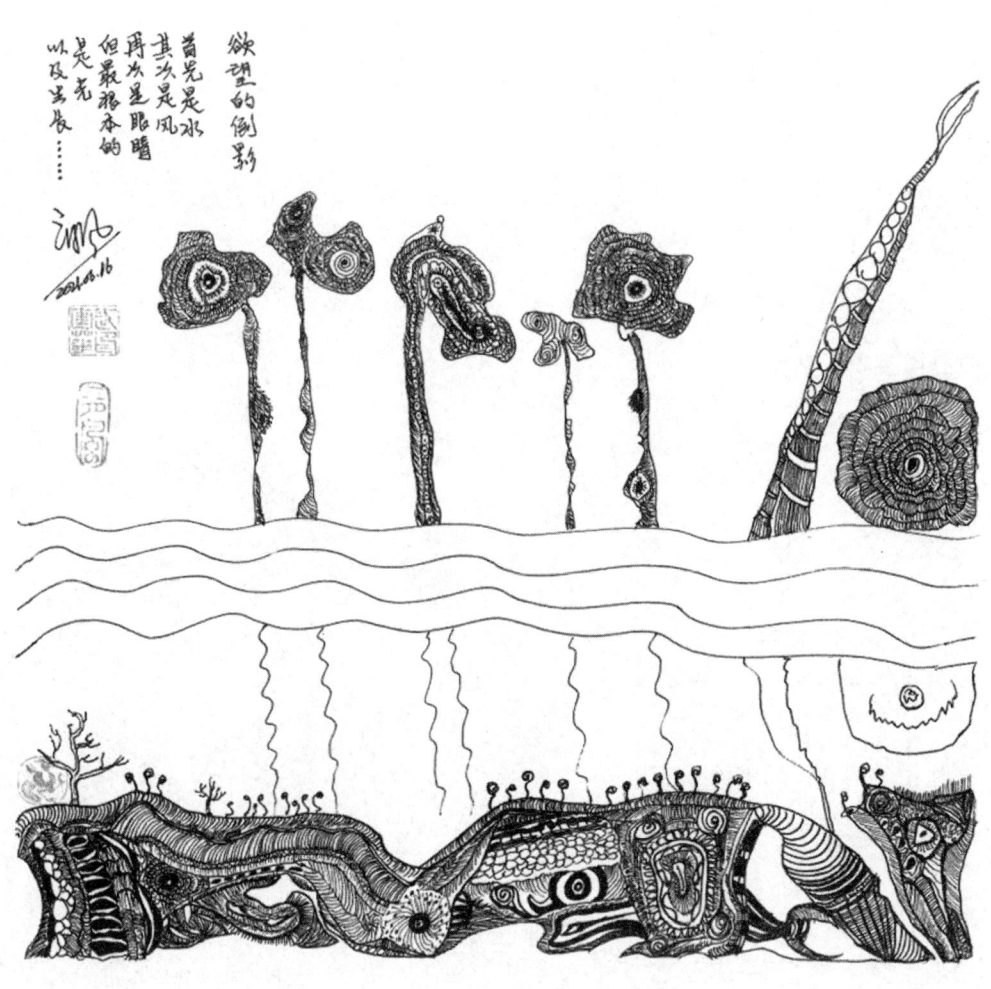

三月风（武建华）抽象线画配诗作品《欲望的倒影》

原载2021年《当代文学·海外版》第43期。

欲望的倒影（画配诗）

首先是水，
其次是风
再次是眼睛
但最根本的，是光
以及生长……

2021 年 6 月 16 日

第四辑 ┃风情缕缕

水鸟

彩衣穿着歌声,在蓝天
画出数千年的彩纹。它们起初拍打着
湖沼溅水……

他们埋头,脚爪抓出血痕
它们俯视着啼血,飞,飞……

当它们的霞光照亮世界
他们在枝头摇挂成玫瑰

它们向深处,飞,飞……

2019 年 1 月 4 日

天籁之音

什么事儿也没有,万事空无
思想流动,在夜的中途打转
步履平稳,飞跃江湖
抵达平静的空无
集团的蜜蜂追赶着
集团的彩蝶越过宽阔的海域
林木列队或分散游走
思想用绿叶的翅膀穿行
听不到乌鸦吹奏死人的骨头
有人站在岸边丛林下
时间在缓升或滑翔
蜻蜓在黎明的霞光中越过水域
看见了远方的青山,在霞光中搭起了彩虹——

2019 年 1 月 10 日

因为雨，因为风

天空云彩涌动着海水
地上流水飘飞着云彩
雨滴的针线连结天地
穿起只只如风的飞鸟

雨线，在风中缠绕着我
鸟翼的臂膀，剪不断雨线
我不得不离开——
一路行走的风声雨声
打湿一路的泥泞
在风雨中离开，不是逃避
迈向心中的方向
准不会迷路——

一切的追赶和返回
一切的离开和重逢
一切的躲避和绕行
并非想象的远方和近在
一个温馨的港湾
一个遮风避雨的驿站

也许是行进中，久违的期许——

拧干雨水，清洗泥泞
歇歇脚，把心停放
告别可能的危险——
尽管风声雨声依然包围
但雨水却包裹着所有纠缠
随风，逃之夭夭

因为雨，因为风
雨住风停，再启航
非待明日——

2021 年 9 月 4 日雨中

春天的烈焰

这燃烧的无边无际的烈焰
是聚积了一冬的七彩的爱的狂欢
是聚积了一冬的力和热的勃发
是聚积了一冬的渴望和希望的怒放

这烈焰燃烧着一个春季的明亮
万众的目光被你照亮
这烈焰招引着迎春的彩蝶、蜜蜂和鸟鸣
摇曳着诗人的浪漫和笔锋
这烈焰团结着、簇拥着、凝聚着、闪烁着……

这烈焰虽燃尽短暂的辉煌
却迎来满枝满地的绿旗的欢呼——
呵,这燃烧的生命,炫目的春光
这万有的灵动和向上的力量
照亮世界几个季节大地的灵魂的阴影!

春之歌

谁会不愿意站在这季节拔节的港湾
瞭望,并寄托梦想——

是谁正在揭开亿万顷冰封
将几乎一季的阴霾和寒冷驱散?
是谁在土层下张开,亿万双手臂——
是谁站在季节的巅峰发出春天的号令?
揭开亿万颗生命生长的谜底——

我看见揭开冰封后的海洋——
无边的天际回荡着春潮!
亿万道霞光用黎明之光唤醒大地
所有的睡眠。亿万片彩羽用温暖包裹
亿万颗春芽。亿万个少女用纤指推开
所有的门窗。在霞光中共奏统一的
畅想曲。我看见

鸟儿从草径上起飞
扇动着彩翼,滑向蓝天的梦想
是谁把情书投进了枝干上的鸟巢?

是谁在河对岸吹响深情的柳笛
呼唤爱情？是谁解开脖颈上的缠绕
将其抛向天空——

世界穿上了梦醒的衣裳。用七彩的
云朵花朵涂抹着
天空与大地的嘴唇。山峦在湖畔照镜
柳树将青发梳理。雷声在远方召唤
春雨把甘霖洒向大地……

我开始从季节拔节的港湾迈步
走向您：
无边的呼唤，无边的回应——
无边的流动，无边的低语——
无边的沉默，无边的孕育——

2019 年 1 月 16 日

阳光漫上了窗棂（外二首）

室内也明亮起来

像点亮半边田畴

海里独坐孤礁

一边亮，一边暗

远处海鸥高歌，有阴影

飘飞，枝叶被风吹动……

2018 年 2 月 2 日

月全食①

地球挡住了你的视线

你 152 年一遇地没入海底

你不在黑暗中止步

历经沉沦与复出

你不愿陷入黑暗

像不愿任何形式

遮挡你的视线——

---

① 据报道：2018 年 1 月 31 日晚（农历腊月十五），152 年一遇的超级蓝血月全食呈现世人。月食的阶段为初亏、食既、食甚、生光、复圆。整个过程持续了五个多小时。

哪怕一生仅有几次

你用沉沦与复出的风景
牵引地球的目光
他们像你一样
不愿被遮住视线——

2018 年 2 月 2 日

看见

今日，看见一面，又看见一面
翌日，看见今日
看见两面，又看见两面

2019 年 1 月 5 日

世界，用影子为我开启窗子

世界不是纸上的文字
也无法在脸上书写
它用意象的影子
为我开启了一面面窗子

每片树叶都成为一双眼睛
世界大得让我紧盯我的看见

风中摇曳的和滴着雨水的
枝头泛黄的和盘旋飘落的
它们都成为我捧在手中的窗子

它们的构成，让我变小
但，却被我发现、审视，并通过我
而流逝和到来——

2019 年 10 月 20 日改毕于龙凤书屋

一只麻雀,从我手中起飞(外一首)

一只麻雀,携带着一只
凹下去的空洞的眼窝
从我手中起飞
在天空,寻找另一只麻雀

它没有尖叫,只是飞
从我眼中,途经丛叶,途经蓝天
像从我手中,它消失的
那只水珠般的眼睛……

2019 年 11 月 3 日晨于龙凤书屋

一群喜鹊究竟发现了什么

一群喜鹊,突然聚拢。
呼叫着朝一条仿佛刚刚出土的
蟒蛇聚拢。它们围攻的姿态
际会着战地的风云和雷电。

一群喜鹊,透过旷野突然发现了
遗存长久威胁的秘密。或者久远的

积怨、愤怒一次性暴发。
或者长久躲避的仇敌终于露面。
何年的仇恨堆积成山梁。
洪水漫过来，湮没这山梁。

一群喜鹊，没人去研究它们的积怨
究竟为何而喷发。而蟒蛇
似乎被沉重的冬眠按进土层。
而它被人类的挖掘而大白于天下。
而积蓄的威胁全被外现。

一群喜鹊，就是一群复仇。
回归到原始的仇恨和报复之中。

人类弄不明白这天然仇恨的源头。
以为惊动了神灵，就又迅速挖掘洞穴
为蟒蛇建造躲避的寓所。
黄土封闭了它的屋顶。

一群喜鹊，复仇不能，退回原处。
退回原处，重新开启它们的生活。

2019 年 11 月 9 日于龙凤书屋

一截彩虹跌落于僻壤
——致一只人为夭折的彩蝶

天空飞翔的一截彩虹
春天花朵上的舞蹈

是哪双刽子手遗弃于荒野
飞翔，跌落，止于僻壤

上帝给你灵魂穿上的彩衣
在此，静栖于永逝

是谁引诱你迷于歧途
天真和单纯缘于你的善良

不是秋风吹落叶
却是春天花跌瓣

谁能注意你惨状
谁又为你伸张正义

我为你的夭亡而痛惜
我为你的一生而赞美：

小小的你,大地有你而多彩

天空无你而失色

2022 年 8 月 24 日

天空

阳光的天空蔚蓝，无边
太阳稳固，发光。在冬日
太阳的光芒，温柔而渺远

它笼罩的大地，红旗在风中
飘舞，它用谈定的舞动
流动血红；它在稳固之前
飘游、撕裂和燃烧

高楼拔地而起，填补
天空的空虚。它同样用
稳固的静默，制造想象
它的内部，不同的思想
用不同的锁钥
开启不同的门

白鸽群、蓝鸽群，在天空飞
它们在阳光中飞
它们用翅膀驱赶雾霾
使阴雨和旋风走远

它们用翅膀扇动阳光,发出呼响
它们知道雾霾、阴雨、旋风还会再来
但它们依然飞,飞,飞……

雪松的树冠,挥舞冬日的青春
在风中研讨。白杨用裸露的枝条
向天空挥手。它们展示着
曾经的苍郁和未来的青葱

一个人在阳光中的阳台上
仰望天空。他看到了平静海面的内部
夜空的星星,玉盘的月亮
阳光曾覆盖过的更深的秘密

天空笼罩的万物,即人类拥有的万物
天空的脸色,即人类的脸色
一只鸟在天空飞,即一个人在人间走
一片云在飘忽,即一个人在踌躇
阳光追赶夜空的星星,明明灭灭
一群人行走在人间,出出没没

大地给了我目及
天空给了我思想
我存在于世,即存在于风
存在于光,存在于地

存在于一个被时间切割了的瞬间

永久的属于天空的瞬间

2019 年 12 月 27 日

云霞映照

在日出或日暮的霞光里
粉红林木筑起的长城在延续
用沧桑、沉稳遮挡风沙
拓展古老和无穷

我撩开你的彩帘
林木中央的海洋湛蓝而深邃

远处山坡上连绵的彩色云朵
绽放在彩霞里

在通向远方古老的道路上
宁静敞开过往的怀抱
接纳光明或轮回？

你就是这空阔和寂静
展现多彩云霞、辽阔海天

我置身于你映照的时间里
接纳并仰望

无边的明亮,被云霞包围和回应

同样是一种超度和突围
在看似渺远、无际的温暖和光明里
倾听你超然的叙述——

2019 年 11 月 16 日于龙凤书屋

春天的花朵（组诗）

燕儿

是你给我带进了大地的色彩
和艺术。是你引领我走进河道
和山峦。是你的飞翔和机敏
改变了我的缓慢和迟钝
是你的歌唱，让我在喧嚣中
静听。是你的亲近和无间
消除了我的疏离和反感……

是你在我童年茅屋筑就的
泥巢，招引我一生热爱泥土
和自然。它时常在我梦中摇曳
绽放成我回望乡土的花朵和丛林
同时，开启了我接纳乡音的端口
成为我亲情乡情民情的源头……

你让我化为你，从秋寒开始
一直向着春天歌唱。从傍晚开始
一直向着黎明飞翔。春天是我永远的

向往。我歌唱着奋飞、抵达——
你让我化为春天,你是追春者
有了你,我是春天不败的花朵——

春天的花朵

从你的第一缕白云和红云开始
我就迷进了云蒸霞蔚。从你的

第一缕馨香开始,我就
陶醉在了无边乡野。是什么

让我走近你、进入你?是一种接近
春天的渴望,还是逃离市嚣的急切?

告别冬天的萧条、空旷和寒冷
钻进属于春天母亲温暖的襟怀

我们在这大地的温暖里沐浴
接受母亲无边的爱抚和拥抱

我们的心境被馨香美化
被春天的色彩照亮。从此

为我们开启一扇崭新的门

让我们进入大地生机昂然的海……

梨花

你把冬天的雪花举过春天的头顶
你把春天的芳菲凝成秋天的果实
你用一生的纯洁捍卫春季的美德
你用不懈的持守固牢大地的草木

春天的阳光

我看见了春天阳光的色彩了
是红色的。现在我终于明白了
阳光为什么温暖和明亮——
她利用母亲红心的色彩发出热量
她利用母亲眼睛的明亮发出光芒
她还要敞开胸怀小心翼翼地囊括大地
她的温暖比羽毛还要轻盈
她的光芒比泉水还要透明
她有时还要跑到室内，将阴影照亮
把冬日的尾寒驱赶
春天的阳光下，我心温暖而明亮……

2017年3月25日

南飞雁(外一首)

呼唤着,它们在黑暗里穿行,
鸟瞰脚下灯火。
是赶路的需要,还是呼唤落伍者?
还是在讨论前程?
灯火中很少有人注意到它们的飞翔,
更没听见它们的呼唤。
但仍有人在黑暗里,关注到它们,
仍有人正模拟它们的飞翔——

2020 年 6 月 13 日改毕

雨后

等待希望,等待失望。希望和失望仿佛对等。
以行动做等待,还是以等待做等待?
结果,雨没来;结果,雨来了,很小;
结果,雨过量,造成了洪灾;
结果,雨适量,这种结果占比很小。
像以行动做等待,占比很小。
用行动做等待,用的是静心、平常心、自然心。
绝对化往往超越自然化,这正是成功者

远少于失败者的根本原因。

雨后，胜利者的等待又开始行动了。

他望着满足和不满足的等待者，感到不安。

2020 年 6 月 13 日

在偌大世界的风雨中

风雨来临，它们隐退
它们的身影和声音
仿佛在遥远处深藏
即使它们就在我不远的地方

所有的生命在危机来临之前
都需要隐蔽
而风雨的来临，都有预言
而它的预言并不是专一的提醒

它的预言是它本身的生长部分
一切事物从没有凸显性
它们隐藏在深处是最好的期待
而所有的风雨都会过去

它用预言给你以预感，包括它的告别
风雨仿若冬天，它们的隐藏仿若冬眠
它们平淡而不离奇
构成了风雨平常的世界

就像我的诗，长出花丛之叶、之花
随风而舞，伴雨而湿，直至飘零
在偌大世界的风雨中
发不出一语声响

而它的存在
却使世界构成不可或缺的部分
就像向世人讲述一个道理
或一个阵痛——

但又仿若世界无动于衷

2019 年 10 月 5 日

雨中倒影（二首）

一

窗外雨声窗内听，是谁心动？
窗内眺望窗外影，是谁动情？
地面积水雨中，倒影破碎梦境……

二

春雨运用一生的追逐
终在大地上，铺展开来

当拥有了批量，才寂静下来
透出了满身的光影

借用天空的光芒
在大地上闪亮

她完整的作品
并不是虚幻

她折射出的具体事物

正好是春天所需要的真实生活

2018 年 3 月 1 日傍晚

遗落在我手掌上的鸟巢

草叶作房瓦，草梗作房梁
千万次的口衔往返
搭建起的天然别墅
谁人之手？将它捅落
现在，我仿若慈善之主
双手捧起，目光打开它的门扉——
房内空无，凉风通透

"天空没有留下翅膀的痕迹
但我已经飞过"——

现在，我依然感到它的体温
抬眼观天，蓝天无垠
但远处分明有黑色云朵
若它的孤身之翼，在天空飞

人声嘈，风未停，云朵飞
我把心装进这遗落之巢
把它悬在我家的门楣
作为我日后的窥视天眼——

2021 年 2 月 18 日

打开人类原点的窗
——2018年4月30日与文友闲游河南方城大乘山森林公园感言

从闹市走进这清静森林深处
依古老树木久久伫立，合影留念

——这世外绿色之源，脱俗一方
阳光从崇高的天宇洒下
透过枝叶送来光明和温暖
这绿荫深处的阳光
正是你抬眼透过枝叶罅隙
望见的，更高远的明亮——

四周群山环抱，若母亲宽厚的襟怀
身后泉水叮咚，是哪位少女
发出银铃般的笑声？眼前顽石凸然
是哪位憨男在把守山门？

今日有缘绿色包围，阳光透彻
鸟鸣穿行，溪水鸣唱
少男少女紧跟其后
在这幽静林木的深处，我愿
将周边的一切灵感收拢——

砍一根树木作椽，割一把茅草作瓦
搭建一座草房。滚来一尊石臼
作为水桶，辟一方荒地作田
采一片树叶作纸，蘸一泓清泉作墨
执一根树枝作笔，写一首
天外自由幽静之诗——

住进这天外茅房，心境敞亮
像打开一扇人类原点的窗——

2018年5月2日傍晚

启春图（组诗）

启春图

一鸟登新梅，
稍憩等谁回？
单绿迎春归，
红梅笑对谁？

石榴与鸟

斜枝出墙石榴红，
鹊鸟登枝疑醉翁。
院内垂髫传歌声，
小村近山满坡松。

行草鸳鸯

并肩水中行，
鸳走鸯随影。
水波荇叶动，
花摇池中景。

玉簪

一

美名白玉簪,
亦名白鹤仙。
脱俗清玉洁,
流芳百世间。

二

蓓蕾洁如玉,
花绽惹人喜。
翠茎挺且直,
碧叶飘裙裾。

三

众叶捧花花逐阳,
玉蕾如簪竞绽放。
冰清玉洁脱尘俗,
永留世间沁人香。

雁来红

不为花红为叶红,
节节攀登节节赢。
不为秋风不为娇,
未应槭菊赤脚容。

百子兰

素兰远嚣能独静,
兰叶高扬为簇拥。
心花炸开香浮动,
自养静中开鼻孔。

三月风（武建华）抽象线画配诗作品《无限之末》

原载 2021 年《当代文学·海外版》第 43 期。

无限之末（画配诗）

孤独之域无须安慰。
沦陷之壑悬挂万页之册。
时间空间，繁华千差万别。
谁人将极地之境，
嵌入辽阔之末？
谁人将清醒之梦，
焕发生命之偲？

2021 年 6 月 19 日

第五辑 | 心深幽幽

万物中

把一兜时间抛洒
一地嘭嘭
思维，流云
自然而无序
仿佛精英和完美
从没有时间界限
又仿若，血
在牺牲或被牺牲中
溢出——

在自然中体验和回望
一切的超脱抑或平常
用大海的心跳眺望
星空在时间里云集，闪烁
仿若童心，在黎明
接纳霞光——

一切陈旧焕发新生之力
一切没落
铺就繁荣——

把时间堆在万物中

接纳新生的侵袭，检验

爱繁衍，低升高

大地运转，空间流萤——

2021 年 9 月 7 日

光，或者其他

是阳光，将婆娑的树影送进室内
仿佛树叶披着阳光飞进来
增加着空间的静谧
世界不知道这些
树木的感知不知道这些
墙上的画像也不知道这些
尽管那画像就是我自己
他一直盯着我，不说话
"像把生活写入时间"的条幅
也不说话，但它睁着一双眼睛
仿佛有树叶披着阳光飞进来
而窗外的洒水车——
尘埃的克星，它唱着歌
将激动的泪水流下来
尘埃们被一拨一拨的轮子
碾进阳光中的潮湿里
树叶在窗外的阳光中舞蹈
说着"沙沙沙"的悄悄话
尽管机隆声打断了它们的话语
我闭上眼，但看到了更远的
光，或者其他。好像有人在低语：
世界对于一个人，很陌生

2019 年 9 月 22 日

爬坡

我沿着宽几分钟

长五十六年的时间向上爬

当透过车窗向深海望去

发现死神躲在岛屿的阴暗处

在挥臂或呼唤

死亡胎记用不同的速度

在我体内生长

我剧跳的心就系在

一只飞跃死亡的巨大铁鸟——

桥的翅膀上

远处的湖泊是一扇嵌入大地的窗户

但穿着轰鸣裙裾的喷气式飞机

加速了大地的静

也增加了天空的蓝

我终于抵达一处心速平缓的驿站

而前方依然站着几只黑色的鸟

张着欲飞的翅膀——

2019 年 4 月 2 日

秘密

把神秘的秘密存放到心底
让其接受时间冷暖的洗礼
当经受不住的冰雪和风雨
把她荡涤成伤痕累累的无语
她由此变得永远不再神秘
再让其接受一下阳光的洗礼吧
然后顺理成美丽如花
忧伤成落叶的记忆——

2021 年 5 月 5 日傍晚

从 2019

四十年荒路,天地辽阔
有泥淖,有鹿在奔跑
无痕迹。无词儿
终遇拐角
转身
发现
天地辽阔
有四十年荒路
有泥淖,有鹿在奔跑
词儿声儿影儿痕在苏醒

2019 年 1 月 5 日

自画像

他年过半百，白发短胡，身体消瘦
他在田地里站成三类庄稼
他在城里，穿行于楼林的
夹缝里，市嚣的风充耳不闻
而被城市雾霾淹没的鸟鸣
却衔着他的乳名，将他一次次唤醒

他的月光，与黄金店的金光相碰
闪烁出诗光，许多的阴角
被一一照亮。他时常站在存在和消亡的
身边，用哲学，审视目睹的一切
有时他用笔尖勾画出一只只"新闻鸟"
放飞在白昼，栖落在夜空，鸣叫着
填充着人间听觉的空白——

冬日，他沉浸在海里，抗拒寒冷
夏日，他沉浸在海里，纳凉驱暑
他说着时代的低语
他在自身的孤独中学习不朽
站在村头张望的母亲和

侍奉母亲的茅草在他的诗集里

抗拒腐朽。他站在人民的光亮里

充当着风、玫瑰和疤痛——

2019 年 3 月 10 日

踌躇帖

于探究，于萌生
仿若乌云遮掩霞光
总迈不出坚定步伐
于发掘，于保护
仿若浑水摸鱼
找不到可乘之机
错过的机遇
是失败还是胜利？
磨，磨，磨
成为钝头还是利器？
决策需要考证
出击需要准备
思，思，思
求天衣无缝？
获万无一失？
考证需要入穴
证据需要虎子
罢！罢！罢！
最终，真理让我丢弃
最终，真理让我出击——

2021 年 9 月 9 日于龙凤书屋

从医院回来(外一首)

从南都第 19 病区回来
感觉已经把病痛丢在了病房里
九天的药液消灭了体内的凶狠和丑恶——

"终于越出了牢狱!"

这时,我坐在家中的阳台上
在第 19 病区病榻上写下的四首诗
早已不翼而飞,栖落在一个个领地——

我站在"存在和消失的身边"
再一次用借来的哲学
窥视——
"世界,你好"
在一号楼,"第 19 病区"
护士们走出了,"边缘诗"……

2019 年 3 月 10 日

当我说到行尸走肉

当我说到行尸走肉,他怔了怔
不知道他是害怕我说的这个词
还是害怕他自己

我们共同向窗外望去
满大街的人,像流水
他突然对我说:
"你看,有人在飞
有人在轻盈地行走
你看那个人,却沉在了历史里——"

2019 年 3 月 10 日

活何

人的梦是永远不会结束的
而那被岁月覆盖的花朵

并不在雪中融化
尽管一切白驹过隙成了空

可它不吃不喝还要活着
它缘何不吃不喝还要活着?

它心中有生
它是否不知有死?

它推开自己
它在生长?它心有栖息?

它不感到时间遥远
它更不感到死亡很近?

它足以听见市嚣
它临死而不荒芜

它活何,活何?

它给予你的——

2019 年 4 月 11 日

世界庞大

由于我的渺小,我感到世界
庞大。就在夜晚
世界给予并属于我的空间
我也只占有了那么小小的方田
世界生产出那么多粮食
我真正能用上的
只是沧海一粟
包括水,世界那么多水
尽管现在它正在瘦身
但我每天饮用的
是那么微不足道
后来,我站在路坎反观自己
我小得连我自己也看不到
在这庞大的世界里

2019 年 9 月 5 日

闪光

很少发现这样的闪光
并非据说
它是一种发热的息源和窗户
或诗句中的意象
它或许是一面移动的镜子
被嵌在了门口
这种光奇怪地源于
深度窥见的萌芽或钟情
更奇怪地闪烁于非己性
它给予的热度发向于另类的感知
明亮发向于另类的内心
它闪烁的碰撞
足以容纳两个人的沉默的激动
或无法看见的光芒
对于一个人,他好像要说出
他很少发现这样的闪光
它并不会只给他记忆犹新的感觉
它寥寥无几地让他感到
刻骨铭心

2019 年 9 月 15 日傍晚

世界里(外一首)

电脑突然下线,你突然退却
仿佛是一个道理。在一件事中
你总找不到出口。你马上成功的事
却突然失败。有时一种反复或差错
竟然让你走进一重蓝天
你一开始想要达到的
在一种合理的驱使下,使你
改变了态度。你为了达到某种目的
用华丽装饰你的外表
而对方同样用超于你的华丽
笼罩了你。有一种成功
对于你却是失败
尽管所有的条件都给了你
你在一个省份里只认识一个人
你也许不知道这是千年的缘线
你这时间仿佛有点冷漠
但你的内心却有着一团火
你一开始的怀疑,使你
改变了错误。你站在那里很久了
有人看到了,你却不知道

像有人不知道你为什么站在那里一样

2019 年 9 月 20 日傍晚

阡陌情

像把我的诗歌，擦燃
点亮你室内的灯盏

像把世界装进思想
像把生活写入时间

美丽（外一首）

我只盯住你的内心

像不盯住你的外表以及名字一样
直到你广泛的内心
为我流成春天的河流
你的外表和名字，自然与你的内心一样
为我创造春天

从此，连同你的内心
让我忆起，全部的
美丽——

2020 年 4 月 6 日午

告别

我们运用告别，接连又一个迎接
我们运用迎接，启动又一个开启

我们用我们的肉身，担起死亡和再生

我们从光明走向黑暗
我们又从黑暗走向光明

别了,我又重新开始——

2020 年 4 月 6 日午后

写在生日

我只记得今日之喜
我不记得今日生日
今日接到信息：
《天津诗人》夏之卷选用
我的《渺小》《告别》的诗

我不记得生日的原因
源于《渺小》
我只记得今日之喜
源于《告别》：
"我们运用告别，接连又一个迎接
"我们运用迎接，启动又一个开启
"我们用我们的肉身
"担起死亡和再生
"我们从黑暗走向光明
"我们又从光明走向黑暗
"别了，我又重新开始——"

灯塔（外一首）

宝石般的蓝眼睛，
在广阔的远方，
向我微笑。
我知道，那是我心中的灯塔
在闪光——

2020 年 6 月 24 日改毕

尚未到达

不可匕视尚存的结果，
许多人已经抵达。
阅读先行者路途的闪光，
照见一种站立的高度。
无限景观的顶巅，
给出艺术的崇高。
不只望望，强大的能量，
亲吻你的不如。
尚未到达，吞噬着不可抵达。
灿烂的盛放，就在
探索的前边——

2020 年 6 月 26 日

聆听帖

楼下童音雨声
湿路潮声车鸣
春雨打湿萌芽
麦绿叶苗涌动

脚触尘世学步走
身后妈妈唤乳名

进学校,老师点化做梦
入山岗,鸟语花香
硕果攒动,虫鸣我心动

泉流水声,教会我透明
进入书海,智者缄默
扶我书山为径

偶进诗苑
听见谁人朗诵
麦海"点点白帆"
播下我诗良种

栽培修剪浇灌
哲思意象朦胧
谁让我诗心永童
谁让我唯美恢宏

大美进视野
对称转换，交接继承
谁谆谆教诲，唤我聆听
完美教会我相伴一生

低言谦逊，大度平衡
谁让我铭记永生

最后的抉择
无非是，永向光明
最后的收获
并不是，两手空空

大地让我聆听
虫鸣鸟声，泉水风声
看我手中空空
富有矗立心中

天涯海角

美似永恒
真理原本相通

少女心声
似花绽虫鸣
春天回声

大地共鸣
我爱永生永恒
爱情陪伴终生

神来，不必呼
影去，不必应

大德真经，向善向明
行过留影，立言立功

大道行踪，空唤神名
百年苦短，美名永铭

世界有我
伴你终生

2021 年 4 月 1 日

银河载着我的欲望飞

把沉重的欲望抛到银河里
让群星载着它飞翔吧!

这样一来,在喧嚣中
也能听到蟋蟀的歌吟
阳光明媚,步履轻盈
月光朦胧,思想轻轻

是我自己让我迟缓地明白
是我自己让我吝啬地丢下
而后,是我自己让我后悔明白迟缓
丢下吝啬
而后,是我自己让我步入了新天地

我自己仿若重返童年
我自己由此明白了
大半生也不明白的诸多事理

我感谢回归自由和本真
感谢重新诞生一次

感谢终于步入了
人类无限可能的队伍里

银河载着我的欲望飞
我由此而轻盈潇洒
我望见了银河里的事物
流水和游鱼原来是世间的故事

故事里有我的欲望在跳跃
故事里的明亮仿若星星在闪光
世界从此更宽广而浩渺
我身载的事物从此而渺小
轻轻松松而微不足道

而我，却从此成为
银河系以外的仰望者
在世间，成为
具有银河理想的奔走者
在夜间，散发出
月光一样明亮的微芒——

2021 年 5 月 18 日傍晚

用沉默覆盖海平面的涨潮

我知道你的内心,像我知道
宠物不会说出我能听懂的话语
但我依然给他讲述
等同于人类的亲昵——

我知道你的内心
海底深处涌动暗流
你用沉默覆盖海平面的涨潮
构成的暖流流动神秘的情思

所有的笼子装不住所有的内心
梦境是真实自由的天梯
所有的羁绊系不住所有的灵魂
地下磁场传输正负极的引力——

回归到本真的原始
所有的笼子都毁于一旦
所有的羁绊都松开了
手掌的把握——

寄自于心灵的明信片

飘飞于梦境,写满了爱意

用不愿阐明的表达寄托于沉默

用心灵的感应回应灵魂深处的寄语——

在诗的意象里相约

在梦的景况里碰撞

在时空的笔记里记录

在时间的运转里验证千年的遇——

2021 年 5 月 28 日

摁住衰老

小红花儿在那儿被春风摇曳着
她一生也没有被你发现过
依然保持着羞涩
黄蝴蝶也一样,在草径上
绕来绕去,她的神速与她的获得成反比
她们似乎只有不足一个四季的存在
她们一生也没曾被你一次青睐

而你却拥有类于一百个她们的花季
没有人让你的思想停留在疆场
像少女想象那个怪异的外星人
一个星球转过身去
你的失眠总与地球一同自转:
"一些梦已经发泄,
一些梦还没来得及做完"

大地自然地敞开胸襟
是春风摇醒树的梦
还是树摇醒春风的梦?
你站在林丛中,你的梦

她们很想帮你摇醒——

白雪绽放季节的花朵
白发灿烂岁月的花朵
万物铺展成你的温床
仿佛万物对你热情地歌唱
她们把你小成一片绿叶
她们把你小成一朵雪花
你的生命一旦从童年里苏醒
你的爱就会在春风里展开——

不用明白地用春天和童心说服你
我只用诗，像一万只蛱蝶
牵引着你的梦想
飞向自然的花丛
弥漫成霞光——

2021 年 9 月 3 日

三月风（武建华）抽象线画配诗作品《天镜》

原载2021年《当代文学·海外版》第43期。

天镜（画配诗）

开物之父赐予时间

风雨，明暗

抵达上升之曲径

河道，山峦

天梯，梦想，承传

超越凝望，阴阳运转

2021 年 6 月 2 日

第六辑 | 诗思深深

十四行（组诗）

其中的十四行

把空间打开，在白天
灯光下，依然有阴影

平静的封面，在空白处
签上你的名字，它是海上一叶寻觅的小舟？

透过窗缝向外看，阳光下的树叶
在微风中摇曳，是飞翔的鸟翼在闪光？

声音没有真空，与尘土没有真空一样
你时常在静寂中听到某种声音

生命可以移植，是的，你把一朵花，插在
室内的花瓶里，田野里的野草也走进了城市

你把不愿干的事情停下来
把愿意干的事情放在指尖，让它舞蹈

好多事物构成一个事物,是的

一个事物又分解成好多事物,你我都在其中

留言的十四行

对于某种事物,你不可能

将时间停下来,时间不可能停息

正如你不可能将一片阳光

夹在书页里

你总是仰望那风中的树叶,它要么坚守

要么坠落,同时,还要改变颜色

阳光总是照着,尤其是在雨后

那些事物显得异常明晰,像青春少年的眸子

那些怪现象,其实并不怪,它只是稀有

它不可能广泛,但它已做好了充分的准备

闲语并非是闲语,闲雨并非是闲雨

闲坐并非是闲坐,闲想并不是闲想

世界本身就是这样

世界万物都在用生命书写各自的留言

消失的十四行

把心静下来,才能听到微弱的声音
是的,它们用微弱的力量敲击你的心

把心静下来,才能看到微小的事物
是的,它们用微小的生命唤醒你的沉睡

站在僻壤里聆听喧嚣,就像
站在夜晚观赏烟花——

世界大得你很渺小,世界小得你很高大
是的,你是对于世界的馈赠

那么,世界对于你都是奉献?
那么,你将对世界写下留言——

生命转瞬即逝
留言化为尘土,衍生新生事物

你站在世界上,像一棵树
又像一株草,你的影子不会消失

果实的十四行

它并不愿意,让你解剖它

它愿意成为个性，具有特殊意义

是的，它不属于所有的人
但，它的馈赠却是巨大的

它站立在最后，让你跨越
它在你途中，鼓励你跨越

它并不是名词，也不是形容词
它是一种力量，它是一种性格，或者圆满

它愿意击败所有的退却
它始终在终点，向你招手

它时常又陪伴你，它是你的影子
它不愿意用光向你招手，它愿意流成你的血脉

它站在你的顶端，结满你的笑容
然后，芳香四溢，像你满身缀满的果实……

2017 年 7 月 10 日

渺小（组诗）

静听

更远的地方，你是一个失聪的人
你只有想象。繁华的结果
让你不平静的背影，结构出英文的内涵

他们在发疯似的自救，或
寻找千年之疵。我们同样
在经手之后，把明白转嫁给他们

但是，他们依然在漏洞里
向上攀爬。隔岸观火
灼热着我们的内心——

2020 年 4 月 6 日午

舞蹈

我看见，你在舞蹈
你挥舞着千年磨砺的利剑
刀光闪闪。你向千年不遇的恶魔砍去
恶魔并没有马上死去

像你并没有马上停下手中的
舞剑一样

当大地恢复了平静
你的内心，和剑一样
留下了豁口
同样，像剑一样
闪烁出不可磨灭的
光——

2020 年 4 月 6 日午

渺小

它们运用看不见的渺小
掩饰着存在。我们在寻找它们
经历更多的失败。我们运用
最庞大的事物，为它们设置屏障
然而，我们又运用欲望
点燃屏障。我们明明知道
它们的存在。我们明明时常在寻找中
躲避它们。然而，我们时常被她们
击空。我们什么时候
学会运用它们，为我们搭起
进入它们的桥梁？
最终，战胜它们

2020 年 4 月 6 日午

大海深处（组诗）

喊

他没有回应有多种可能
像我夜晚对着圆月呼喊一样
我不必要猜测，由他而去

我又来到空旷的领域，喊——
仍没有回应

是谁听见后对我说：
"你等着吧！他迟早要回应你"

但我最终没有得到回应。我明白
这是他想让我，永远不再发声

事物照旧走着路
但我还是要，像面对圆月
喊——
喊——
喊——

大海深处,她是制造金币的灵魂之光

茫茫大海,我在其中
周边的闪光
我仿佛视而不见,这并不能
证明我麻木。光不知道
我要寻找的,是另一种闪光

就像大海的远方
突然闪烁的灯塔
在无边的夜幕上,唯有一颗烁星闪亮

我发现,大海无际
风吹动,波浪无边
我只是大海的一叶扁舟
与那些波光一样
在水中闪动

我明白,我来到海上游进的目的
仿佛不是在寻求靠岸
尽管岸上的光亮
目不暇接。我阅读着它们
仿佛不能使我心动

它们不能让我眼睛一亮
我所寻找的能够照亮我的光芒
竟然不是金币的闪光
我发现，金币的光芒照不亮世界

我在寻求中渐渐明白
我所寻找的光芒，并不发自物体表象
她是从灵魂深处的闪光
在大海深处，她是制造金币的灵魂之光

光使事物呈现立体

光使事物呈现立体
几乎每个事物都有其明暗
像每一个人都有快乐和烦恼一样
仿佛绘画就是利用这种明暗
让事物立体地站在纸面上

让人感觉她有立体性、活性或感动
让伸手无法抓住的形体
在你的脑海里生根发芽，开花结果
并弥漫出生活的气息

她使你真正地被自然融入
然后，作为自然呈现于世

由此，使生活变得丰富多彩

不要忘记，她还用色彩涂抹那些事物
使明暗分明，世界变得丰富多彩
这个过程像画家成名一样漫长
尽管她使有的画家中途夭折

而她却永存于世
尽管终极均为粪土
但，她注视着你，让你走进她的世界

裹与啮

用大半生吐出的丝
裹。手脚就在方寸之内

用大半生啮噬自身的包裹
终于从洞口逃出
仿佛脚手在千里沃野
但翅膀，仍被一条丝线
牵着——

2019 年 10 月 5 日—6 日

论迟缓

雪地上，车辆缓慢成甲壳虫
晨起大雾，阳光亮斧怎么也砍不出道路
海上呼唤，久未见回声
冬天的黎明下发了通知
孩童们中午才走出睡眠
一个人不可能把腹内的赞美一次说完
也不可能将世界的冷遇全揽怀中
总有迟到者
仿佛与先行者对等
谁让时间那么缓慢
让一个人度日如年
谁总是不在指定的时间内出现
甚至消失在时间之海
谁第二次相遇用了一百年时间
最终在黄泉也未能谋面
心期与抵达仿佛是起点与终点
遥远的路途要用一生的行走
明灯悬在空中，似一轮明月
只是在月夜悦目，却总无法采撷
心海深埋火焰

用半生光阴点燃，火山仍未爆发
把日子用秒针切割成碎片
一片一片从海里捞取
得到的是满脸的皱纹和一头的银发
世界如海，一眼望不到边
大地上的路途遥远，一步仅迈五尺
想见远逝的亲人，只能在梦中
想见身边的亲人，需远走到远天
记住心思，把手中的光线
一环一环编织成花束，举过头顶
让大地多一缕芳菲
悄悄弥漫——

2018 年 2 月 2 日

比一寸光阴还短的诗

把时间用秒针切成碎片
抓在手中

光使事物呈现立体
诗使事物发出光芒

我的钥匙与母亲的钥匙
系在同一串上,但打开的
不是同一把锁

母亲不仅让我辨认出
并且让我踏上
日出而出,日落而归
用躬行向前的足迹
连接一生的路途

我望见的圆月
仿佛不会移动。不会钻进云层
她始终圆圆的,望着我
被我发现——

诗是灵魂之光

现在,我用力啃噬
用大半生吐出的丝做成的茧
但逃出的仅是一颗囚禁的心

是谁在我面前站成
回望历史的灯塔
走向未来的路标

我终于抵达一处
心速平缓的驿站
而前方依然站着
几架鸟儿一样
张着欲飞翅膀的山梁

2019 年 10 月 16 日晚稿毕于龙凤书屋

致海子
——读海子《春天，十个海子》

你面朝大海，背靠花开
在这个春天张开双翅
携带着"被劈开的疼痛"
从大地的黎明前起飞——

十个海子共同拯救一个海子
一个海子在大地上刻下永恒姿势

二十年后，一千个海子
飞向十个海子曾拯救海子的春天
五十年后，一万个海子
从海子春暖花开的春天起飞
抵达海子"大诗"丰收的秋季——

2014 年 9 月 14 日初稿
2018 年 12 月 1 日改毕

时间碎片(外一首)

把时间用秒针切成碎片
均匀撒在听觉和视觉里
靠的是用低微的切割声响
提醒时间既是生命,又是金钱
必须争分夺秒
也不一定能够成为时间的风向标
回首的记忆

我在时间里只是一颗跳动的音符
我串起这些碎片缝织成母语的衣裳
企图套在你灵魂的身上
将你变成一个个小的记忆——

写作者

写诗歌,笔尖在流血
写散文,笔尖在流泪
写小说,笔尖在流汗

找不到好词

念给人听,像听夏蝉鸣
唱不出好歌
农用四轮在玉米地
与黑烟一起,发不出好笛音
灰鸭子走不快好路
破损的发动机
发不出好隆声

少小时文字饥渴,嗓音沙哑
青年时告别了笔,没有写出好生活
中年时靠后的脚步
走不出好舞步
脱衣午睡,像病句
手攥不住好句
却毁掉了一张张好纸——

2019 年 2 月 13 日

沉入海底的（外一首）

沉入海底的
总时常在静态中浮现
误会给错过让道
迷惑在谜里的事物将其击沉
而持恒的时针
拨开一张谜团
发现错过都是不情愿的
而持恒的分针依然旋转
沉下去的永不会浮上来
而在静态中浮现的
只在记忆中永远年轻

2019 年 6 月 2 日晨

交往

理想的，被所求的欲望牵出水面
欲望便发出邀请
而被理想者回应
同样，理想的被所求的牵出水面
欲望便发出邀请

而所求者回应
相同运用被理想者的欲望
回馈
而他们最终达成交往

2019 年 6 月 2 日晨

写作：描绘一种蓝（外一首）

我把目及写入瞬间

它们用偶然的姿态

照见我的视线。之前

我并未把它们列入原料

是一种闪现，抵达我的光圈

就像馈送的礼物

随着海浪的节奏加入我的舞队

让懂的人懂，让不懂的人不懂

像小时候不期待的结果

"不知我者谓我何求"

"不畏缩也不回顾"

描绘一种蓝——

2020 年 6 月 26 日

不一样的结果

午夜，听见有人在笑

在笑。走过去

发现，他在说着非常的话语

结果超乎寻常的大

就在他指出的方向
我看见了消息树上结满了
太阳

他给我说出一种结果
我想象着,像组诗一样长
所有的意象都在里边
沉默的火焰依然在燃烧
似乎在等待地表的开裂

不一样的结果
携带着一样的成因
不一样的结果
携带着一样的欢喜

它让我看见不一样的光芒
它让我望见不一样的星河

2021 年 2 月 25 日于龙凤书屋

一分钟的时间

一分钟的时间，甚至更短
就会有一个转折
伏在一个人的身上
他从此，可以一步登上高头
望得更高更远
一分钟的时间，甚至更短
累年的能量，瞬间绽放
开出一生荣耀的花环
一分钟的时间，甚至更短
就有一生少有的跳板
雄鹰从巅峰起飞
太阳出山
一分钟的时间，甚至更短
如梦初醒，大雾消散
青山复出，明道遥远入天边
一分钟的时间，甚至更短
最后的一步，最末的起端
大雪融化，大雨飘散
晴空繁星点点
一分钟的时间，甚至更短
巨轮启动，卫星升天
全新的世界，展现在眼前——

2021 年 4 月 1 日午

今生，我只写一首诗

今生，我只写一首诗

写给大地，写给天宇

写给莽原中的自己

写给春天百花争艳的花期

写给夏天狂风暴雨的天气

写给秋天满眼硕果的秋日

写给冬天冰封万里的大地

同时，写给弱者，写给低微

写给疼痛，写给痼疾

写给贫穷，写给富裕

写给善良，写给温顺，写给努力

写给先行，写给前瞻，写给奇迹

写给前进，写给跌倒，写给站起

写给失败，写给胜利，写给勠力

写给困境中的突围

写给浑沌中的觉醒

写给一个人一生抱定的目标

写给一个人从平庸中脱颖而出的决计

写给低谷中的流水
写给巅峰上的花朵
写给永恒中的真理

今生，仅写的一首诗，攥在我手中
像攥住闪电，攥住雷鸣
像攥住神明
像攥住大地上的璀璨，天空中的星星
像攥住瞬间和永恒

今生，仅写的一首诗，等待我松手
等待我放飞群鸽的翅膀
等待我揭开黎明前的夜暗
等待我用智者的眼神辨别真伪
等待我用慈善之心发放恩赐
等待我用向上之心攀缘高峰
等待我用向善之心发出慈悲
等待我用神来之笔写下鞭挞
写下同情，写下奋起
等待我用饱蘸大地的欢娱
写下所有胜利和光明的颂词——

2021 年 4 月 9 日

没有需求的寻找（外一首）

那些仿佛没有需求的寻找
自然而高贵，平淡如初
还原着原乡的容貌
凝结出伟大艺术的结晶
使之存在于思想和美轮美奂之中

仿若躁狂与盲目
急功与近利于被扼杀的消亡中
它只代表被仰慕的花朵、闪烁、飞翔
像春天的风与阳光
它只靠无欲改变着世界的衰败和沉寂

它仿佛代表着树丛的方向
流水的目标和光的源头
它不代表自身的满足
它只代表事物完美的趋向
无法改变的天然的进化与刚毅

世界因它的无欲而有欲
万物因它的渺小而伟大

我来到它的身边，奉给它一束
燃烧的火焰——

2021 年 7 月 28 日

激动

只有凝结薄冰之后
才激不起水花
季节改变着事物的表面
以及内心

仿佛除却冰冷
所有季节都具有跳跃之心
仿若路途，只要你踏上
总无法改变方向

而不是严冬里就没有水花
那些需要仰望才能看到的
还有心一样殷红和激动的
火花——

2021 年 7 月 28 日晚

用什么平静之心，倾听宇宙回响

用什么神来之笔来描绘这极地之境！
用什么独慧之眼来欣赏这边缘之诗！
用什么奇特之想来架构这万端意象！
用什么平静之心来倾听这宇宙回响！
用什么创新之思来开拓这新兴革命！
用什么无欲之求来抵达这无限崇高！

2021 年 8 月 1 日

黑屏（外一首）

一开始屏幕上有许多横线条
时有时无
鼠标也逃避在不知名的洞穴里
黑屏
关机，开机
黑屏——

一个人的视网膜在脱落
然后，闭眼，睁眼
闭眼，睁眼
发现整个世界都是黑的

2021年8月27日

白手套

之后我发现
即使喂它时
看见我端着的白胶碗
就逃遁——
里边可是装着它的精品食物

即使它最饥饿时
也这样

我们查找原因
甲甲说,旦旦麻醉后
绝育手术前
它大睁着双眼
看到了兽医戴上了一双白手套

2021 年 8 月 27 日下午

错误帖（组诗）

一

一瞬，一闪，一念

迈错脚，分错心

天地回转，万有一失

一切的重新开始

总找不到原点位置

一切的生命，仿若一次

不愿意的错误

总在不经意、不愿意时发生

万小之心，万一之祸

平常之心，平平之安

不可万有，只图一无

平静心态，沉默少语

观沧海流速，接万有引力

沉沉一心，重重一事

纤纤一丝，缝缝一密

怅寥廓，谁主浮尘？

问苍茫，何我有为？

2021 年 9 月 7 日晚于龙凤书屋

二

我的错误躲在夜幕里
永不会被他发现

我现在清醒成清河水
我清醒地感谢从不含糊的现实
为我阐明我的错误的存在和无法改变
为我捧上高度责任且无求回报的记录
使我成为能够认知错误的明白人
使我清晰地还原出仓促所致的错误本质

如果他明晰地看出我的错误
他就会犯下严重错误
现实如此残酷
我的错误在他眼里是正确的
所以，他如期返还给我
错误结出的果实

我捧着它，像捧着一次教训
伴我终生——

2021 年 9 月 16 日午于龙凤书屋

三

把你疑惑我的错误掩藏起来
我用事实裁剪缝织彩色的衣裳

你让我看见了你用你的错误
相信我的错误
疑惑成为你多彩的服装

你的错误在你的心中扎下了根
你看见了我事实的彩衣成为伪装

我所坚持的依然是套上一层层事实的衣裳
直至你脱下疑惑的思想——

2021 年 9 月 17 日午于龙凤书屋

四

错误真真假假，有有无无
但从不像变色龙
也从不会自行消失

"感时花溅泪，恨别鸟惊心"
但花从没流过泪
鸟从没惊过心

也如人的眼睛
有时看见，有时看不见

错误像一个哑巴
但从没打过手势
示意是真是假，是有是无

我坚信，你终究是错误的侦探
经过发现、辨别、改进……
经过提醒——

我看见，你增长着
像田野里的树木和庄稼在生长
像霞光，在延展——

2021 年 9 月 19 日于龙凤书屋

五

错误在一秒钟以内的海里
成熟。从不虚张声势

你原本判断的果实
终不是你想象的结果

成因仿佛在秘密中酿造

你没有想到的是
竟有两种以上的可能
你原以为的推断
却成为想象
以及来日的希望

你用汗水浇灌
培育无法预知的结局

你收割的不是你欲要的花簇和柳枝
你竟进入了柳暗花明的村庄
或入住愈加通向幽暗的荒芜

奇妙的错位，跳出了奇妙的想象
先行者牵着后来者的手
互不否定

真诚与汗水酿造美酒
浇灌成因
结果不分先后与成败
抵达你。错位促成你
成为忠实的耕者——

2021 年 10 月 1 日于龙凤书屋

在今天"世界诗歌日"的节日里(朗诵诗)

在今天"世界诗歌日"的节日里
请你走进诗里,度过你的节日
每年3月21日,请记住这个日子
这个节日是联合国教科文组织
1999年选定的诗歌节日
它属于世界爱诗人自己的节日
当然也属于你的节日

在今天"世界诗歌日"的节日里
你采撷一缕春天的阳光
你采撷一缕春天的花香
掬于你手中。你站在原野上的花海里
尽情吸纳属于你的花香
尽情接受属于你的阳光
这花香和阳光都属于你的
你现在已成为一个自由人了

在今天"世界诗歌日"的节日里
你可以听一听"为你读诗"里的诗句
让你的灵魂拥有片刻的自由

你还可以亲自打开一本属于你的诗集
低声朗读。你可以不管有没有听众
哪怕你是你唯一的听众
那你也是最好的朗读者
你把诗中的美丽、香馨、朦胧和悠远
全部拥为己有
你还可以走进诗歌的活动中
放开你的喉管朗读和歌唱
呼唤"和平、非暴力、容忍"
你可以与戏剧、舞蹈、音乐
以及绘画等艺术进行对话
从孤独中走出来，开辟一方艺术的领地
因为她属于你的，你爱她，她也爱你
因为你已经属于一个诗一样的自由人了

在今天"世界诗歌日"的节日里
你可千万不要忘记度过
尽管你已被事务挤压得喘不过气
但你一定要劈开一道霞光
让自由的时间照亮你
哪怕是片刻的光阴
这一段自由时间的闪光
能够照亮你近乎阴影的心境
你可以默吟唐诗里的一句
或是宋词里的一句

你可以背诵雪莱、但丁的诗句
你可以背诵艾青、海子的诗句
你还可以走进广场或草地
高声朗读《海燕》里的句子
因为你已经属于一个诗一样的自由人了

在今天"世界诗歌日"的节日里
你还可以奔走四方，约见你的朋友
你告诉他们，今天是你的节日
既不是你自己的生日，又不是你的结婚纪念日
而是你神圣的诗歌节日
因为，她属于你的，而不属于别人的
因为，你已记不清什么时候
诗神已将你拥进她的怀里了
诗神把爱的种子种进了你的心田里
从此，你就开始接受一种诗神的给予
从此，你的想象和敏感总是超乎常人
甚至你的视野、见解、世界观、生命感
都独到和宽泛，不同寻常
甚至你的品格、德行以及金钱观
都充满着一种高尚和文明
因为，你知道，狭窄、阴暗、嫉妒
以及单纯的富裕、独霸的行为、狂热的暴力
它们都不属于你……

在今天"世界诗歌日"的节日里

你明白世界上唯有人民是最伟大的

因为你拥有了他们，而他们也拥有了你

你把他们的疾苦作为你自己的疾苦

你把他们比作太阳

你曾经说过：

"人民是太阳，

诗是阳光中的风、玫瑰和疤痛！"

你明白人民像阳光一样明亮

你离开人民，就会走进黑暗的阴角！

今天，在节日里，你就把一首人民的诗

写进阳光吧，写进春天，写进你的心里吧！

在今天"世界诗歌日"的节日里

你还明白，世界上爱护大自然

应该是天下的大爱！你明白，你本身

同样来自于大自然，又终将回归于大自然！

唯有大自然是你的上帝，你的母亲

它把你拥入怀中，你又把它举过头顶

它是你的太阳和诗神！

今天你就抓一把黄土或黑土吧！

今天你就捧一瓣花朵或一枚草叶吧！

今天你就掬一把泉水或海水吧！

今天你就捏一粒麦子或大米吧！

你像孩子辨认母亲一样认真地辨认、拜读

它属于你的母亲和你的神灵!

它永远都是你奉为上帝的母亲和神灵

你像它爱你一样把它们作为永恒的神灵吧!

在今天"世界诗歌日"的节日里

既然如此,你把人民和自然当作上帝

那就把你的诗歌写给可爱的儿童

写给慈善的母亲,写给清澈的泉水

以及无边的山峦吧!

那就把你的诗歌写给劳碌中的工人吧!

让他们在流汗中得到一抹清新的凉风

那就把你的诗歌写给五月的麦子和

九月的玉米吧!让它们的金黄

在阳光下闪烁出丰收的光芒吧!

那就把你的诗歌写给盲人吧!

让他们在盲区里也能够听到朗诵!

那就把你的诗歌写给一汪浊水吧!

让清洁工听着你的诗歌把污水过滤成

清泉吧!让清泉再弹奏出清脆的琴音吧!

……

在今天"世界诗歌日"的节日里

让我们回归于人民和自然吧!

让我们回归于高尚和文明吧!

让我们回归到属于人类真正的天空和大地

让我们把诗歌活动做成大众参与的朗诵会吧！

让我们捧出一束束红玫瑰的诗歌吧！

向世界表达我们的爱意！

让我们成为真正站立大地的诗人

用我们富有尊严的歌唱，呼唤所有的

文明和所有的人

让我们的期待成为一种永恒的现实吧——

"在纯洁的大地上，诗歌在那里歌唱！"

写于 2017 年 3 月 21 日"世界诗歌日"

注：1999 年 10 月至 11 月，在法国巴黎举行的第 30 届会议上，联合国教科文组织决定宣布 3 月 21 日为世界诗歌日。自 1999 年开始，每年的 3 月 21 日成为联合国教科文组织选定的"世界诗歌日"——无论民族、无论肤色、无论年龄，凡是热爱诗歌、创作诗歌的人们，都把每年的这一天，视为全世界诗人自己的节日。联合国教科文组织确立"世界诗歌日"，目的是希望为世界各地人们举办的各项诗歌活动提供一个契机，进而能够带动人们开展不同层次的诗歌运动。同时，"世界诗歌日"的出现，也有利于图书市场对年轻诗人作品的关注；有利于人们回归吟唱传统；有利于诗歌通过"和平、非暴力、容忍"这样的主题活动，与戏剧、舞蹈、音乐以及绘画等艺术形式开展对话、拉近距离；有利于诗歌摘掉"过时"的帽子，让全社会重新感知和认识诗歌的价值。

在正月初七人类共同的生日里（朗诵诗）
——为"人类生日"而写

  中国古老创世神话中，将农历正月初七确定为"人日"——"人类的生日"。这是"人类诞生"的标志。正月初一至初六前六天诞生了：鸡、犬、豕（猪）、羊、牛、马。女娲创世（注），第七天才产生了人类自己。

——题记

今天（正月初七）是人类共同的生日
我把今天的祝福奉给所有的亲人
让他们在自己的生日里因有人祝福而倍感亲切
我把今天的祝福奉给所有思念的人
让他们在自己的生日里因有人记起而感到骄傲
我把今天的祝福奉给所有受尊重的人
让他们在自己的生日里因被人尊重而感到欣喜……

我把今天的祝福奉给在人类路途上
走在我前边、走在我后边和与我同行的人
让他们个个都明白
今天是我们人类诞生的日子
也是我们每一个人共同的生日

在人类今天共同的生日里，我在这个巨大的概念里
用最神秘和因发展而更加神奇的中国汉语
为世界所有的人祝福、祈祷、点赞和讴歌

每一个人都是人类中的一员

每一个人都成为"人类命运共同体"中的一员

每一个人在今天都同时住在一个地球村里

享受着共同信息的接纳和给予

享受着共同步向文明和富足

享受着同步向前的召唤和进取

我们所有善良的人，几乎都拥有了

向上向善向美的渴望和行举

我们所有的人，几乎都拥有

同情弱者、鄙视丑恶、尊老爱幼的心理（心灵）

在人类今天共同的生日里，我呼唤所有的人

都要尊重所有的人

所有的人都成为被尊重者

世界在今日，我愿在世界任何一个角落

都听不到枪声、争吵和辱骂声

世界在今日，我愿世界上所有的国家

在各自行走的道路上

都不再发生一起人为的灾祸

世界在今日，我愿世界上所有的利器

都从高举的手中垂落下来

世界在今日，我愿世界上所有的地球人

都能沐浴到和煦的阳光

所有的天空都没有阴云，所有的大地都没有风雨

就连寒冷的北方，冰雪也将会融化

太阳的温暖，将所有需要温暖的人
都包容在这春日里——

在人类今天共同的生日里，大地上的人们
全部进入了春天！一切冬眠的植物
从今天开始复苏，一切的动物
从今天开始出发，走进春天
我写下一首诗，献给天下所有的人
献给天下所有的动物和植物
献给天下所有的阳光和春风
就是为了庆祝我们人类自己共同的生日
我写下一首诗，献给中国的屈原、李白
杜甫、苏轼、艾青、昌耀、海子……
我以一首诗作为生日的礼物，捧给他们
像捧出一朵纯洁的香馨之花、温暖之花
像捧出一朵讴歌人类诞生与发展的生命之花
我的这首诗，也要献给
当代仍在坚持写着诗歌的诗人们
让他们的诗歌共同为人类的发展而讴歌和敬礼！

在人类今天共同的生日里，为在目前依然坚持
为"人类的生日"开展纪念活动的成都而点赞！
那里的广大市民，就是在今日——
正月初七，游杜甫草堂凭吊"诗圣"杜甫
吟唱诗歌，赏梅祈福，庆贺人日

继承中国这一传统习俗——

在人类今天共同的生日里,我为人类

高唱一首呼唤的歌,呼唤世间所有的人

像记住"世界诗歌节"一样

记住今日——人类的生日!

让这一温暖的文化胎记

烙进每一个中国人的心里

成为能够铭记人类诞生和前行的人

成为能够记住自己的人——

无论我们走到任何高端

人类自己的诞生之日,我们永远都不会忘记——

正月初七——这一人类共同的生日!

2022年2月7日(壬寅年正月初七,人类的生日)急就

注:女娲创世:女娲是中国古代神话传说中的女帝王,她曾炼五色石补天。在中国许多地方,都流传着女娲正月初一造鸡、初二造狗、初三造猪、初四造羊、初五造牛、初六造马、初七才造人的传说。有的活态神话还说女娲的肉体变成了土地,骨头变成了山岳,头发变成了草木,血液变成了河流,就像创世的盘古大神一样。这些活态神话传说,乃是古老信仰在当今民间的延续。古人认为:鸡、狗、猪、羊代表春夏秋冬四季,牛、马代表地和天。所以班固在《汉书·律历志·上》中才说:"七者,天地四时,人之始也。"这是把正月初七叫"人日"的来源之一。许慎在《说文解字》中也强调指出:"娲,古之神圣女,化育万物者也。"这就是说,女娲不但是炼石补天的英雄和造人的女神,还是一个创造万物的伟大的自然之神。

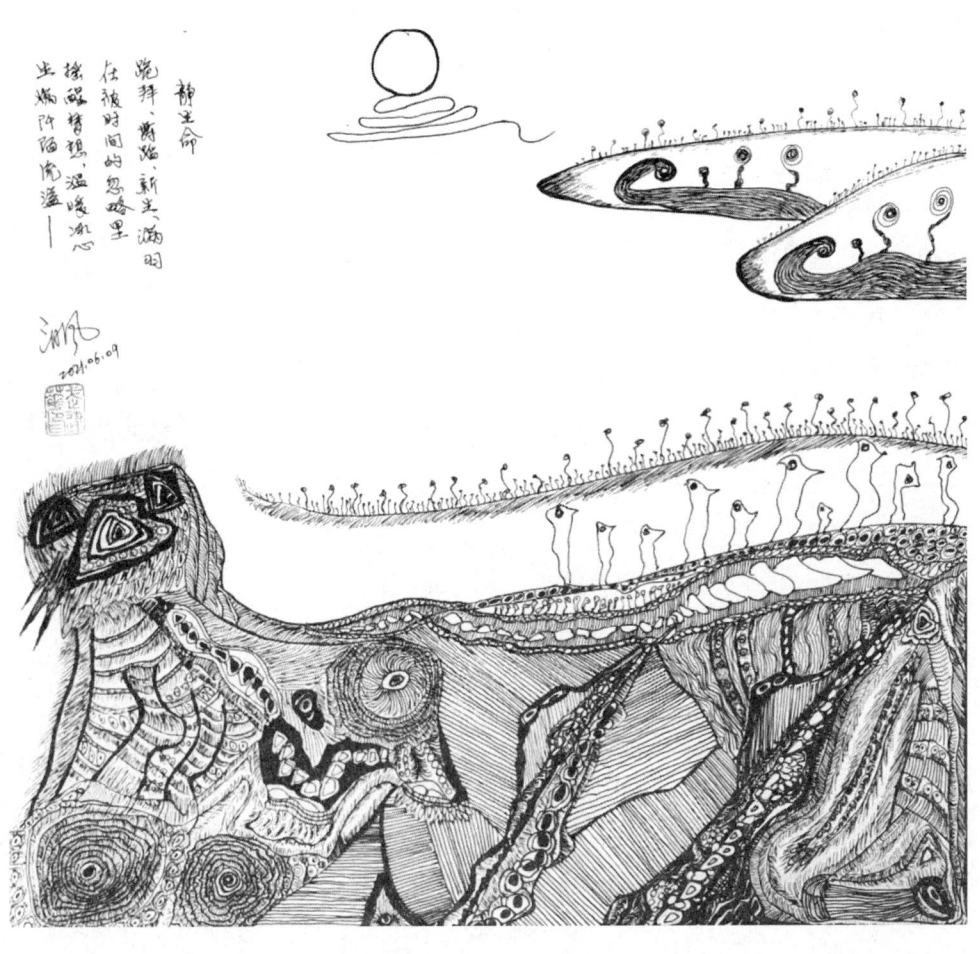

三月风（武建华）抽象线画配诗作品《静生命》
原载 2021 年《当代文学·海外版》第 43 期。

静生命（画配诗）

跪拜、舞蹈、新生、满羽
在被时间的忽略里
摇醒，温暖
生满阡陌流溢——

2021 年 6 月 9 日

第七辑 | 友情常常

方城师范同窗抒怀（一）
曾经的足迹（朗诵诗）

现在，我才明白

我们缘何走在一起——

那是苍天的赐予

我们缘何又分离？

那是苍天的给予

同学即同穴，同穴即同巢

我们既是同穴走出的蚂蚁

我们又是同巢飞出的鸟翼

作为蚂蚁，一滴雨水就是一场灾难

作为鸟翼，一次扇动就是一片天地

我们是同一母亲生下的孩子

我们又是同一母亲的姐妹兄弟

是谁让我们失去联系？

就像年岁叠加，一次又一次

让其停留，我们无能为力

是谁让我们衰老？

那是自然规律

我们在增长年岁的同时

也在增长着经验、成熟和知识

我们彼此坚守在那片狭小的天地里

三十六年，年复一年，日复一日
我们从成熟中脱离幼稚
我们从衰老中脱去青春
我们从无知走向有知
我们知道我们原本十分浅薄
我们后天倍加努力，修炼自己
我们对一个标点也是那样一丝不苟
我们对一次差错也会那样反悔不已
我们迈出的每一步都如同迈上一个新台阶
那样坚定、执着、坚强、有力
我们不想把我们活得柔弱、渺小
我们每时每刻都在展现伟大
我们用蚂蚁的执着和鸟翼的刚毅
向温暖进发，向光明进发，向幸福进发
我们展现数十年的无私
就是想在人间体现我们的人生价值
想让我们的人生充满光辉和诗意
尽管我们留给世间的光芒十分微弱
但我们的一生都在证明：
我们已经来过
这世间，有我们的光芒和记忆
有我们的歌声和足迹——
并不足矣！并不足矣！
前方的路途，还十分遥远；前方，依然会留下
我们曾经的足迹——

2017 年 4 月 22 日晚 23 时草就

方城师范同窗抒怀（二）
相聚在今日
——写在方城师范81届文科班同学2017年7月22日聚会之时

三十六年分离相聚在今日，
你的面孔非同往日，
但我能读出你三十六年的辉煌业绩，
把你亲切的容貌写进我的历史，
永远留存在我的心里……

注：2017年7月22日同学聚会现场急就并为同学们朗诵。

遥想当年别离时
——方城师范81届文科班同学相聚感怀（一）

遥想当年别离时，
满头青发满腹志。
如今面镜独自照，
皱纹满颊雪染鬓。
回望来时路千里，
崇山峻岭布荆棘。
三十六载复重逢，
相对无言面相觑。

2017年8月4日

方城师范同窗抒怀（三）

一遇的风景（朗诵诗）
——方城师范81届文科班同学相聚感怀（二）

用三十六年前后一遇的相离相聚，结构我们永恒的风景……

——题记

大地上的树木被风吹动

改变着颜色
麦子用金黄传宗接代
我们用半个世纪的脚步
走进这一日——
用三十六年前后仅有的一遇相离相聚
结构我们永恒的风景……

我们走过分离后的三十六年路程

当走到今日，才开始共同丈量我们既往的历程
我们从什么时候才开始回头？
我们从什么时候才开始成熟？
从那一天，我们各奔前程开始
我们就开始把我们的事业用双手
举过头顶。阳光照着
光明而炽热

我们尽力把我们的影子——抛掉——

我们后来才发现,我们与树木一样

总抛不掉自己的影子
但,我们各自拥有的那片阳光是明媚的
我们在行走着成长,在和风与阳光中
增添绿叶,在每年的春天开花
秋天结果。我们用夏雨的激情泼洒汗水
每当我们的果实被谁摘走
甜蜜着谁的心田?我们并不多问
我们胜利的喜悦总像开在心田里的花朵
孤芳自赏,其乐无穷……

三十六年前我们分离时的那张合影照

现在已成为一张泛黄的老照片
我们青春的形象分别定格在那一页纸上
里面装着我们所有人的热心和面容
它成为我们分别的一纸通知
然后转身化为永恒的记忆——
时间,对我们是珍贵的
我们好像没有时间打开这张老照片
但三十六年的风尘遮不住我们记忆中青春的面容
是它不时促使我们奋进,还是我们从来就不甘落后?

是它时时促使我们衰老,还是我们从来就不愿衰老?

我们在三十六年行进路程中栽下许多树木

让她们用春天的绿叶和花朵

调节一路的风景,改善我们的气氛

使我们的夏天和秋天更加富有热潮和成就感!

她们长成了丛林,我们也构成了风景

我们的每一片叶子都是绿的

与她们构成一个一个的季节

尽管我们的手背和面颊已经长出了老树皮

但我们始终用丛生的嫩芽,打开每一天的黎明……

其实我们的相距,并不遥远

但我们为何却很少能够相见?

是大地的风雨还是手头的忙碌

使我们相去遥远,无法相见?

我们相近不能见,相远更向远

我们知道,这并不是我们没有情感

我们是一支独特的队伍

年龄的差异以及男女性别比例的失调[1]

使我们这支队伍成为一道独特的风景

我们仿佛相隔千山万水

但我们各自守护的却是一方的田土

---

[1] 方城师范 81 届文科班共 56 名同学,是 1977 年恢复高考,1979 年走到一起,1981 年毕业的。同学分布在南阳、方城、唐河、南召、新野、镇平、邓州等县市。班内 2 名女生,54 名男生,最小的 16 岁,最大的近 30 岁。本届共招生两班,一文一理。校址在方城县师训班。

生长成色彩不同的风景

我们用一片片绿叶召唤着春天的来临

我们又用一颗颗果实向彼此胜利地招手——

我们长成了一棵大树，我们又植下禾苗

我们生下了自己的孩子

就像我们亲手植下的禾苗

适时接受我们的雨露

我们用我们对于世界的爱，培育这禾苗

我们用我们的成熟和经验浇灌她们

她们在我们的呵护下茁壮成长

我们看到她们优于我们的成长而心中惊喜

我们看到她们也长成了参天大树

我们依然用我们鲜艳的花朵和饱满的果实

与她们相呼相应，争奇斗艳

我们望着她们的花朵以及果实

内心流动着甜蜜和激动

我们在守望中举起我们的双手

是让她们勇往直前，还是和远望一起

寄托我们的深情？

当我们抽出闲暇打开那张老照片

仿佛是从今日这天聚会开始

我们才开始意识到

三十六年前分离的深层意义

以及三十六年后一聚的无比珍惜

"方师记忆"微信群落

用现代"智能互联"把我们连在一起

从此，彼此的行踪已不是谜

彼此的话语已不是独语

彼此的成果已没有远山相距

彼此的面容已没有雾障隔离

这个群落是进步的标志还是时代的赐予？

就像我们当年，通过一张高考试卷

让我们从田地里拔出泥腿

从四面八方走在了一起

开始构建我们今生一遇的独特境域……

昨日的行踪，今日的风景

今日的风景，明日的历史

大地之大，让我们相隔遥远

大地之小，让我们心心相依

"人活着，就是要站立

站立，就是要站成一棵树

站成一棵能接纳风雨、泼洒荫凉的树！

挺立人前，令众人仰慕……"

当年的誓言成为半生的导航

当年的理想成为今日的现实

是的，无论我们生长得多高

无论我们光芒有多强

我们都站在大地上，构成一种风景

都融入了这多彩缤纷的世界里

并为这世界增添着旖旎——

一生能有几相遇，百年万语几暖心？

"长途行程几兄弟，半生走来几知音？"①

"三十六年今相聚，你的面孔非往日

"但我能读出你三十六年的辉煌业绩

"把你亲切的容貌写进我的历史

"永远留存在我的心里……"②

举杯！为了今日相聚！

干杯！为了幸福明日！

"接天莲叶无穷碧，映日荷花别样红！"③

"桃花潭水深千尺，不及汪伦送我情！"④

别了，情相依……

相见，等明日——

2017 年 8 月 4 日

---

① 此诗句见作者诗《人生有几——方师 81 届文科班同学聚会感怀》。
② 此诗句见作者诗《相聚在今日——写在方城师范 81 届文科班同学 2017 年 7 月 22 日聚会之时》。
③ 此诗句见南宋诗人杨万里的《晓出净慈寺送林子方》。
④ 此诗句见唐代诗人李白的《赠汪伦》。

三月风（武建华）抽象线画配诗作品《旋转》
原载 2021 年《当代文学·海外版》第 43 期。

旋转（画配诗）

在时间空间里
风旋转时间
引力旋转水
磁场旋转欲望
欲望旋转力——

2021 年 6 月 4 日

第八辑 | 时代昭昭

关于口罩的诗
——写在 2020 年 1 月"新型冠状病毒"疫情区

对于我,你仿佛是远路的客人
如今,你走向我
与我亲密贴近

你让我说出的话语
洁白如雪
你让我吸进的空气
净如晴空
你让我在黑暗中
看到光明

你长时间沉默的伟大
终于显现
你不仅是我的贴心人
你几乎成为疫情区
每一个人的贴心人

你目前的沉默
与你平时的沉默一模一样
你目前的单薄

与你平时的单薄一模一样

但你在一场人类与瘟疫的阻击战中
挺身而出，冲锋在前，严防死守
为每一个人遮挡暗箭！

如今我明白了，你长期的沉默
就是为了一次关键时刻的突然爆发
而你的突然爆发，却又预示着
突如其来的"新型冠状病毒"的
末日来临！

原来你是我，隐秘的知音
如今你在公众面前
展示出你无疆的大爱

并一次一次用你短暂的生命
为这个急需的世界献身
我看见，你们携起手来
用数以万计的身躯
筑起了防御病魔的铜墙铁壁！

而你又不能不让我想起
孕育你的母亲
原来你沉默的伟大

是你母亲的教化

原来你沉默的伟大

源于你的母亲

我如今不能不说出

你几乎成为疫情区每一个人的贴心人

你对我们的一往情深

恰似我们心中，闪烁的

一粒粒星辰！

2020 年 1 月 29 日傍晚粗就

从德黑兰剧院弹奏出的交响

据中新社图文报道：当地时间2020年4月15日，伊朗德黑兰哈菲兹剧院大厅里，众多老中青志愿者正在为抗击"新冠肺炎"疫情赶制口罩。一名志愿吉他手，在一旁为他们弹奏歌曲。

大厅里满满的志愿者间隔一米有余
他们正用缝纫机，弹奏动听的歌曲
他们正用双手编织阻隔病毒的屏障（口罩）
在他们的国家，许多人正需要这屏障
他们中有许多人为此才刚刚学会
如此的弹奏。男的女的，老的少的

另一名年轻志愿吉他手
在一旁为他们弹奏歌曲

请听他们共同弹奏，形成的动听交响——

"爱和疫情，都没有国界
"爱在不同的国家里
"都是用双手弹奏，用心唱出的
"动听的歌
"疫情都是被这种爱之歌
"溺毙的……"

2020年4月17日

站在易地搬迁幸福村楼顶

易地搬迁幸福村清晨的风,依然吹来
山里的水声林声。远处,桃花粉红
原乡山坡星布的石屋,在此站成了楼林
新栽的白杨水柳,啄出水鸟的绿喙
旭日东升。天然气点亮灶台
谁家村姑的酒窝盈满霞红……

跳出千年的穷山窝
迈进同富的新殿堂
今日成就了千年的幸福梦

站在易地搬迁幸福村的楼顶,感受一下
新春的暖风——
我听见,谁又唤起
祖父曾为我起的乳名?
"北京!北京!"——
我面向北京,高喊一声:
"我站在易地搬迁幸福村的楼顶
就是要眺望北京
高喊出我今天

成真的幸福美梦……"

2021 年 2 月 28 日下午于龙凤书屋

在市中心，是谁让我听到了鸟鸣

我们走进林溪谷
走进南阳市中心的山水名字里
耸立的楼峰，刀劈的岩壁
探出耳朵的阳台
有溪水声悄然飞落耳边
峰林间透出了上午的光线
有一种山林水溪间叶花芳香扑鼻而来
突然有鸟鸣飞过
穿过那扇明窗反射的光明
密匝的树冠有枝叶在晃动
从那里弹跳出一只山雀
微小，精明，机智
愈进深谷，鸟鸣愈密
林间小径似小溪向深处蜿蜒
是谁让我在市中心的楼林间
听到了鸟鸣？

谷深处小径上明明有两只珠颈斑鸠
在悠然散步，向那幽深处蹒跚
树冠上的山雀愈来愈多

它们鸟瞰着我们，毫无介意地搅动着枝叶
像一阵旋风。有稀疏的落叶从树冠上
垂落，旋转；再垂落，再旋转
飘落于林间草地，静止于青翠草尖上了
林间深处，溪水流动，潺声悠悠

这是我最愿意看到和听到的风景
她让我想起了一种人间情意——
把自然回归于人类的情意
把楼林建在树丛中的情意
把山上的鸟鸣引入城市的情意
把泉水流淌在家园的情意
把干燥转化成湿润的情意
把枯竭转化成青葱的情意
把恼怒转化成蜜语的情意
把人与林、人与鸟、人与水
紧密握手的情意……

这是我最愿听到的鸟鸣和水声
是谁让我听到了山涧的鸟鸣和水声？
在市中心，让我从未来的沙漠里
回归，回归到眼下这座城市绿化的丛林里
回归到这座城市鸟声水声的湿润里
开始享受这山水葱绿了

2021 年 2 月 26 日元宵节中午于龙凤书屋

地平线上，又升起一轮新日
——中国进入新时代献诗

地平线上，又升起一轮新日

光芒照亮万物

黑暗隐退得无影无踪

大地张开了所有的怀抱

接纳这轮新日永辉的光芒——

所有的树木在风中迎接

伸出了臂林，把这光明揽进怀里

所有的树叶都伸出了手掌

在风中热烈鼓掌

河流开始泛起波光

水声震颤而透明

大山逐渐露出它苍劲和巍峨的身影

无边的田畦，无际的深绿色的麦苗

从睡梦中苏醒

所有的门，都打开了

在透明的敞院里，走出一个个劳作者

大地劳作所唱出的歌声

被飞起的白鸽群、天鹅群、凤凰群

用扇动的翅翼掀起了声浪

他们走在通往更理想的新路途

每一步都是崭新的,每一步都是前所未有的
车轮驶向远方,远方有巨大的成果需要
它们去搬运
大地的光芒,无边无际
所有的光明的开启无边无际
所有的开启都进入了新时代
所有的开启都朝着不达不休的新目标迈进
所有的开启,都乘风破浪
在又一轮新日里,在又一方时间的海里
远航,远航……

2017 年 12 月 26 日午后

方城关工委走进联合国

  2016年3月14日至25日,方城县关工委执行主任夏天俊经中国长城学会推荐,受联合国妇女署邀请,作为中国关工委系统唯一一名代表参加了联合国(总部纽约)第60届妇女地位大会……

你是一个透明的窗口,联合国以及各国
与会者,通过你,看到了中国方城青少年
是如何接受你们的德育法制科技家庭教育
以及文化卫生心理等教育的,看到了你们
是如何助学助医助教助残助困的,看到了
方城乃至中国活跃着的离退休人员队伍
是如何用晚霞映照朝霞的,同时
还看到了中国是如何维护妇女权益的
是如何维护最广大普通民众权益的
是如何追求民主法制平等进步的……

你这扇透明的窗口,闪烁着炫目的光彩
透过你,我们看到的是靓丽多彩的风景——

南阳之暖
——写给南阳市 2019 年世界月季洲际大会

南阳之暖
盆地之光
世界之眸

七彩波澜
旋转成大海旋涡
风吹动，云飘落

黄，闪烁着金币的光芒
红，绽放着少女的笑靥
白，集结着枝头的云朵

走进庭院，成为亲人
守卫门户，泰然自若
站在路旁，接来送往
向谁点头致意？
向谁舞蹈欢歌？

大海的波涛，涌出盆地
情暖亿万个家庭

根系每一个角落

荡出国门,每一朵云朵
成为中国
绽放给世界的一个个笑窝……

2019 年 1 月 8 日

我们用脚步踏醒王维的衣冠（组诗）

　　庚子年重阳节，河南省方城县二十多位作家、文友拜谒四里店镇境内王坟庄唐代诗人王维衣冠冢。

我们用脚步踏醒王维的衣冠

不是王维叫醒我们的梦
不是他的衣冠叫醒我们的梦
是他的诗照亮了我们的梦境
让我们成为千年今日的拜谒者

不是衣冠冢上那株青春的乌桕树
让我们仰慕
是那位有心的乌桕树栽培人
或是那只衔着乌桕种粒飞来的鸟
让我们仰慕

她们让我们今天用脚步
踏醒王维的衣冠——

王坟庄

王坟庄，因为有王维的衣冠冢
才生出诗意，才得出村名

王坟庄,因为王维

才隆起维摩寺

才隆起衣冠冢

才结下千年诗缘

从此,衣冠冢上那株乌桕树

以绘画的诗意

发表着王维不朽的诗篇

招引着来者

从此,王坟庄开始进入诗人们的视野

蝶变成诗

从此,王坟庄

插上了诗的翅膀——

维摩寺倒塌的基座

倒塌的龟形基座

圆形基座

在时间之海

投下诗人王维的

倒影——

注:位于河南省方城县四里店镇王坟庄境内的维摩寺,相传唐朝诗人王维曾在此研佛,并赋诗作画,修改寺名,改泥茅寺为沿用至今的维摩寺。

衣冠冢

谁人种下，王维那褴褛的衣冠种子
在土层里，孕育了千年
今天，长出一株乌桕树
乌桕树上郁郁葱葱
飞来一群乌桕鸟——

"可怜乌桕鸟
强音知天曙
无故三声啼
欢子冒暗去"

2020 年 11 月 1 日草毕
2020 年 11 月 3 日改毕

从二郎庙镇古村落走过（组诗）

一块陈堰村古砖

用侧身几个古篆体文字
标识出你的历史坐标
我们并不敢用现代的体温
抚摸你
你却敢用时间的眼神
与我们的目光碰撞出火花——

2021 年 5 月 3 日

陈堰村残留的古屋基座

废墟堆里的骨头
被千年的风雨荡涤出新
现在，在阳光下，闪烁着白光

用不甘的衰败
坚守曾经的存在和站立

用不言，述说千年的秘密
既往的生命史

2021 年 5 月 3 日

大孙庄古宅里静默的古砚

沉默,承载厚重

暗色,散发墨香

凹下去的眼神

打量我们的万端疑问

我们的第一个疑问是——

你常年喂养的墨宝

如今,在哪里闪光?

2021 年 5 月 3 日

石窝村站立的石门

冰冷的白骨头

叠加成窥视过往的门

走进去寒风刺骨

走出来春暖花开

2021 年 5 月 3 日

陈堰村的农家门楼

在陈堰村,二十世纪六七十年代石砌的

农家门楼,支起一顶顶遮阳草帽

穿过三月蔷薇的花香,虞美人的摇影

一位白发老妪从门楼里走出来
站成一株满头槐花的老槐树
透过耀眼的光线
发现了我们好奇的眼神

我们望着她,站成了一株
长满眼睛和耳朵的
春天的椿树——

2021 年 5 月 4 日

在石窝村著名豫剧《朝阳沟》编剧杨兰春曾体验生活居住过的农家瓦屋

  著名编剧杨兰春,1960 年曾慕名来到河南省方城县二郎庙镇石窝村一农家院落瓦屋里居住半年,体验生活,两年后创作出著名豫剧《朝阳沟》。六十年后的辛丑年春日,方城县的作家们到此,探寻这里的秘密……

——题记

我们到来,惊飞屋檐下一只只白鸽子
它们绕过蓝灰色屋檐
绕过朴素的屋脊,向阳光的天空飞
它们的翅膀掠过树冠上的新绿叶
发出春天的呼响——

四面石墙撑起的瓦屋缄默不语

房坡上蓝瓦们半张着密集的嘴巴
讲不出半句当年的故事

瓦屋里一张简易木床被尘埃覆盖
石板叠砌的墙壁冰冷站立
它们把秘密存放在心底，
让其接受时间冷暖的洗礼

瓦屋经受不住半个多世纪的冰雪和风雨
荡涤成伤痕累累的无语

是石窝村的引力转化为
未来《朝阳沟》的引力？
由此变成永恒的秘密？

我们推开这久封的柴门
再让其接受一次阳光的洗礼吧！
然后顺理成美丽如花
忧伤成落叶的记忆——

我们在此留影。耳畔又回响起动听的
戏曲《朝阳沟》。犹那惊飞的白鸽
掠过树冠春天的新绿——

2021年5月5日—7日

中国之香（组诗）
——写在中国木瓜之乡：河南方城柳河木瓜采摘之季

每年九月即可采摘，庚子之秋，我们走进方城县柳河龙凤山采摘木瓜，果实已装满篮子，金灿灿芳香四溢……

——题记

这种香，一直弥漫着……

不仅仅在秋季，也在冬季、春季和夏季
这种香一直在弥漫着……
不仅仅在柳河，也在方城、河南和中国
这种香一直在弥漫着……
这种弥漫的香，沁人肺腑
这种弥漫的香，悄无声息地越过省界、国界
向世界漫延，像中国的风
传递着春天的香馨——

这种香，不仅仅从木瓜花上起飞

这种香，不仅仅从春天木瓜花上起飞
还从秋天满树冈满金灿灿的木瓜果上起飞
同时，它还在一年四季365个日子里
从柳河乡7.5万亩木瓜种植基地中央起飞

从南阳道地金木瓜生物科技有限公司起飞
像中国的风,把中国木瓜之乡的馨香
吹向它能够抵达的每一个角落——

这种香,饱含着树木周身转化的瑰宝

这种香,不仅仅是春天开满柳河乡漫山遍野
木瓜树上的花香,它还包括
用先进的现代深加工之手
把木瓜树生长的全过程转化为周身的瑰宝——
花茶之香、果酒之香、果醋之香、果汁之香
果油之香、香精之香、废渣饲料之香……
谁让这木瓜树的全部身心,转化为香行的珍品?
这似乎从这山冈上,开辟了一道道更深度的河流
载着美梦一样转化而成的小船
抵达郑州、西安、北京、上海
抵达韩国、马来西亚、美国
驶向更远的四面八方……(注)

我们走进这林海里,在金光中仰慕

我们在这金秋之日,走进这果林之海
秋风在这里不仅将林木的叶子吹黄
还把它们吹落,铺就木瓜果的绵软之床
我们看到了天下什么叫"叶落果出"的风景

什么叫"金果满园"的风景
什么叫"金果满目"的风景……
它让你把母语贴切表达的词汇
列队而来，描绘这金色的世界——
漫山遍野，金果满枝，硕果累累，芳香四溢……
它们融入进金色的阳光里
金色的光亮在天空闪烁，在我们的仰慕里
秋风在这透明的光芒里
让香馨像光芒一样飞翔，照亮世界——

它想让世界明白什么

这木瓜之香，想让世界明白什么
原来一方水土，不仅能养育成果木
原来一棵果木，不仅能结出果实
原来一只拳头大小的果子
还能抵达更深远的生命彼岸
原来一棵果木满身都能闪烁光芒
用它的芳菲温馨世人的精神……
这些，似乎历史并不知道，山坡山冈并不知道
历史似乎没有现代化的判断力以及操作力
在某些领地和方向，历史仿佛就是一片空白
时间也不会有如此的推断以及真实的展望
山坡和山冈以及那些秋风中舞动的彩色的枝叶
它们并不知道，它们仿佛无动于衷

在无限的平衡和静止里，它们保持着原生态的模状
然而，只有这里的现实，能够告诉你眼前的一切
只有眼前，现实让你嗅到这种香馨之后
你才会真实感到，只有这里，才是真正的
中国木瓜之乡！

这里紧贴泥土的深耕，并不局限于泥土

这里紧贴泥土的深耕、育种和移栽
并不局限于泥土，而是还要向泥土的内部
果树的周身开犁——
把果树的周身耕耘成崭新的土壤
栽上科技的专例，向树木的深处挖掘更深度的效益
依靠一种更神奇的手嫁接、粉碎、发酵、转化
让这看似虚无的土壤再生出新芽，开出新花，结出新果
过往的人也许不会看到这神奇之变
而我们，却通过双目
为柳河近十多年的剧变感到震惊！

它是写入山冈的现代诗歌

这里的神奇让你明白的
就是能够让一棵树周身发出馨香
并不仅仅来源于果，又不仅仅来源于它的味道
它似乎颠覆了人们的传统观念
原来有一种馨香发源于果树的深处

发源于土地以及荒冈智神的谋划和设想

发源于一批先者、智者的奇想和实践

它仿佛是写入山冈上的现代诗歌

那金黄并不是天空的彩云

那山冈上站立的并不是房屋和标示

从它们的表面,你并不能看出它内在的含义

然而,它们的内部有一种神秘的原动力

正旋转出一种风,以一种开辟无限的可能

抵达更远的远方……

我嗅到的是中国之香

我被河南方城柳河——

中国木瓜之乡的芳香熏染而醉

但我的眼前十分明晰

我并不是站在这个中国中原的角落里

而是站在中国土地的中央

我嗅到的是中国之香

我感受到的是中国未来无边的土地上

绽放出的新希望——

2017 年 9 月

注:据悉:南阳道地金木瓜生物科技有限公司"阳之南"牌金木瓜原浆酒系列产品已远销到十多个国家和地区,获得了继"茅台"之后中国第二个国家"有机酒"认证;有机木瓜原浆酒及木瓜酵素饮料填补了国内空白;木瓜香精油超临界萃取填补了世界空白。

干细胞，生命的飞翔与降落
——贺河南省方城县人民医院职工闫会强干细胞捐献成功

一个生命，就此起飞——
她携带着一个人的爱
她携带着一个人的体温

此时，她就从闫会强的身上起飞
闫会强成为孕育新生的温床

飞翔，抵达另一个需要爱的人
飞翔，抵达另一个需要温暖的人
飞翔，抵达另一个需要生命的人

干细胞，用爱延续爱的种子
干细胞，用生命嫁接生命的胚芽
干细胞，从一个人的骨骼中起飞——

她飞翔，她要寻找远方急需的人
她飞翔，她要到千里之外
降落在一个陌生人的身上

她降落，她要在急需的人生命中发芽

她降落,她要在急需的人生命中开花
她降落,她要在急需的人生命中结果——

注:2020年6月16日上午,闫会强干细胞在河南省人民医院捐献成功,本诗于当日午后急就于方城县龙凤书屋。

时代新芳(组诗)
——记河南省南阳市"最美职工""审计标兵"、方城县审计局法规股股长侯新芳

遨游于海

你在审计账目之海遨游,前途
被公平的灯塔照亮

在黑夜里潜海
打捞阳光真理

汗水与海水交融
熔铸时代新芳

女儿成长的乐园

你的母爱之心
被时间挤压
被账目包围
被工作淹没

七个月的女儿,高烧不退
你身揹重任,无暇顾及

致使女儿脑瘫

无法行走，终身残疾

你年迈的婆婆成为女儿依靠

买辆人力三轮车，奶奶带上孙女

购物，游玩

二十三年风雨，二十三年成长

婆婆的人力三轮车

女儿成长的乐园

忘我之舟

白加黑，五加二

病魔乘虚而入

会诊、癌症；手术、化疗……

而你的责任之心，让你架起病榻上的电脑

用键盘，驱赶病痛

用数字，淹没病魔

用精准，驱散项目中的浮云、阴霾

病榻，你的忘我之舟

生命之光

当一名优秀的经济卫士
是你的理想、责任和担当
重病不下火线
是你与病魔斗争的战术
坚守的工作岗位
是你生命闪光的舞台

你说,为党忘我劳作
能增加生命的宽度和厚度
你说,追求资金流向的公正
能得到人民的信任
你说,用短暂的余生
绽放审计人无悔的芳花

2020 年 8 月 16 日

第 16 病区

鲜花与祝福，疼痛与喘息
同样做客于生命的摇篮
体内多余的部分以及错误
与美和幸福，握手言好
同为贵客人

生命奔跑和行走的驿站
装着粮食以外的滋养
长命的隐喻，踏上了第 16 层电梯
转向以及抵达

神秘走进明白的核磁共振场
刀深入到美的内部
失眠比孤独，更为狡诈，更为难以对付
即使在初绽的春天
蓓蕾也在远方摇曳绽放
发出幸福的邀请——

轮椅即是高铁
水磨石通道即是高速路

总无法抵达预设的终点

紧张似乎不与疼痛孪生

像病灶不原谅死亡

1号楼患上了肿胀症,血压在升高……

有时耳鸣,头疼接近炸裂

并不取决于脑瘤

爱情,这神圣的事物

神秘隐退到,活着万物的美好

第16病区,同样需要病人的隐忍

与等待——

2019 年 3 月 3 日

高考钥匙

——写给 2021 年 6 月参加高考的考生们

钥匙是锁的开关
锁是房屋的开关

之前,接受十二年的教育
原来是把我锻炼成一把钥匙
每次考试我都像从熔炉里取出
再进入冷水中淬火
我听见"嚓嚓"的声响
每考试一次,我这把钥匙
就变得更坚韧、更锐利

如今我成为一把坚韧的钥匙
我在六月上旬的两日内
高考的门将要被我打开
在我翻身滚动的过程中
听见了骨骼扭动的响声
像夏日田野里玉米拔节的声响

直到我听见"咔嚓"一声
我知道,高考的门终于被我打开了

从此，我又攥住了高考这把
让我步入知识殿堂的钥匙
我牢牢攥在手中，钥匙在我手中
滚烫滚烫，闪闪发光
我在站稳脚跟的基础上
依靠多年积蓄的力量
扭动手中的钥匙
狠心狠力地一次次打开难题的锁

直到我又听到"咔嚓"一声
我知道，知识的门终于被我打开了
我终于领到了一张通行证
我来到了一个崭新世界——

呵！这个新世界琳琅满目啊！
旭日东升
一片海的船帆
我听见涛声，我看见水浪了
百舸争流啊！
到了傍晚，灯塔在远处闪亮
抬眼望去，呵！
满天星斗，明明灭灭
地海与天海相对应
我置身其中，我真的

成为一把宇宙奥秘的金钥匙

闪闪发光——

2021 年 5 月 23 日晨

中国脱贫攻坚（朗诵诗）

> 我们拉着他们的手，前行
> 我们决心不留下一个贫困者
> ——题记

在人类，我们用初心和双手，搀扶

在人类，我们伸出双手，捧出火热的初心
搀扶。我们搀扶
一个个站在贫困线上
接近空白的家庭。我们搀扶
一位位老人、病人、残疾人颤悠悠的胳臂
摇摇晃晃，即将跌倒的人
我们拉住一双双空白的手
我们用火热的初心温暖
一颗颗在贫困线上冰冷的心——

我们用人类最道义的求是态度脚踏泥土，让他们跃出贫困线

我们不为别的
我们用人类最道义的怜悯和同情
让中国所有的贫困者脱贫、幸福
共同向前走

我们已许下诺言：
在脱贫奔向富裕的康庄大道上
不丢掉一个家庭，不留下一个人
同时，我们这次宏伟的
"中国减贫行动规划"
在 2020 年以前已在全国成功实现——

我们追求的是世界上最伟大的民主和平等

我们明白：倾斜的航船，是危险的
失重的行走是会跌倒的
我们所追求的民主
是让每一个人都拥有平等的权利
包括精神上的幸福感受
我们在逐步加重帮扶力度和身心的基础上
让中国贫困人口快速减少，直至消失……
我们追求的
是世界上最伟大的民主和平等
让所有的人，都拥有富裕和幸福的权利

我们在用行动书写"中国共产党宣言"！
我们的行动是人类最伟大和广阔的开拓

我们用前所未有的行动
前所未有的业绩，书写"中国共产党宣言"

我们的行动是人类最伟大和广阔的开拓

我们携手开拓前所未有的路途

我们走在前无古人、后无来者的路上

我们把身心用在探讨、遴选、淘汰、开创上

我们知道，在奔向共同富裕的路上

其实并没有路途。我们是在荒芜的处女地上

用艰难向前的足迹开拓——

——我们深入到乡村内部，深入到每一个家庭

共同寻求贫困人和致贫原因：

或因病，或因残，或因孤

或因缺乏劳力，或因缺乏技能……

——我们共同探求帮扶方法：

对号入座、精准施策

到户增收、医疗救助、教育帮扶

金融扶贫、保险扶贫……齐头并进！

——我们追求精准：

全覆盖、全对照、零差错、零漏网……全面落实！

——我们实现透明：

每确定一户、每找准一人

每施一项策、每花一分钱……全面公开！

我们借此拥有了世界上最佳的一举多得

我们千方百计选准每一个

贫困人的手臂

用精准的标尺去丈量

我们用这种选取和丈量

甩掉了虚假、遗漏以及冒充

然后拉住他们的手

我们在行走中抓铁留痕,踏石留印!

实际上,我们开展的是一场

前所未有的践行实事求是

痛改官僚主义作风的伟大工程

以人民为中心,密切干群关系的

思想教育活动

我们借此拥有了世界上

最佳的一举多得

我们在打一场人类最艰难无硝烟的人民战争

我们在打一场人类最艰难

无硝烟的人民战争。在行进的路途上

我们抓住的是共同,我们追求的是富裕

艰难和险阻如同大海上的

波涛和暗礁

我们一个一个超越和击破

我们走进险阻区

我们进入深水区

我们在如何确认精准上

攻下了一个个堡垒

我们在如何扶志扶智上

走出了一方方深水域

我们在如何落实共同上

越过了一块块险阻区

我们将我们实事求是的

工作作风写进了中国辞海

我们将我们获得的脱贫攻坚

成果写进了世界历史

在世界迈向共同富裕的道路上我们的队伍最庞大

在世界迈向共同富裕的道路上

我们的队伍最庞大

我们从近一亿庞大的党员队伍中

精选出一批批优秀党员干部,精准地

连接着每一个贫困村、贫困户、贫困人

每村进驻一位第一书记

与贫困人同吃同住同劳动

了解他们的急难愁盼

解决他们的心结问题

我们找到并运用了所有行之有效的方法

我们拉住贫困人的手

让掉队的人跟上来

让缓慢的脚步加快步伐

我们在世界上开辟了一条帮扶减贫的道路
为世界竖起了共同富裕的里程碑

我们在世界上开辟了一条
帮扶减贫的道路
我们开创的伟大事业
脱贫攻坚行动和显著成效
为世界各国树立了榜样
我们于 2020 年实现了全面脱贫的成功
为人类走向共同富裕竖起了里程碑
招引着世人，朝着共产共富的方向
向前，向前——

2021 年 12 月 24 日改毕

这个光辉形象,在我们心中永远站立
——为纪念毛主席128周年诞辰而作

最艰苦艰难时期

为寻求真理

在征战之余

苦口婆心地演说

用满身补丁的形象

昭示苦难的人民

一定要翻身得解放——

推倒三座大山

实现人民当家做主

穿上未来的新衣裳

吃上未来的白面馍

过上未来的好日子

今天人人都当家做了主

今天满大街的人都穿上了新衣裳

今天满餐桌都是白面馍

今天满年份都是好日子

今天就是要将这幅老照片收藏

收藏进相册

收藏进心里

让这个光辉形象

在我们心中永远站立——

提醒我们遇到艰难险阻时如何排除

提醒我们时时节俭廉洁

提醒我们，手中的白面馍来之不易

提醒我们，今天的好日子要倍加珍惜——

是的，在今年这个12月26日

收藏起这幅光彩夺目的老照片吧

请在你所谓的艰难时期

打开看一看

请在你铺张浪费时

打开看一看

请在你虚度好时光时

打开看一看

你就会明白什么才是伟大

你就会明白什么才是翻身得解放

你就会明白什么才是当家做主

你就会明白什么才是幸福

你就会明白应该做一个什么样的人

你就会明白用什么样的行动

来珍惜今天的好日子

创造明天的好生活

2021年12月26日晨于龙凤书屋

注：在毛主席128周年诞辰纪念日目睹一幅毛主席的老照片而作。

谷城星火

当年,从陈家院子竖起的第一面
"中国红军"旗帜
在风中似火焰烈烈燃烧
镰刀和斧头撞击出的炫目星火
燎燃起革命根据地的永恒火红

在薤山、在盛康、在石花
在七里沟——苏区村、在九里坪……
有一支队伍,血液里没有杂质
骨子里没有浮尘,把真理刻进意志
为了砸碎锁链,暴动、起义、革命……

这支队伍的队员们
若野草,在战火硝烟中
火烧不尽,风吹又生
他们,为了人民解放
宁玉石俱焚,不流年付东——

当年,多少人用共产主义信仰
播下火种。多少个共产党人

像"夏明翰",在谷城大地上诞生——
敌人荼毒凶狠,敌人"围剿"重重
李洪善,尸体被毒手分解,临危不惧
张茂修,头颅被高悬城门,宁死不屈
李陶庵,李鼎臣,帅本朝……
屠刀面前,视死如归,气贯长虹……

是他们,用青春谱写壮丽史诗
是他们,用鲜血点燃黑暗之火
是他们,用信仰照亮光明之路
是他们,用意志捍卫初心使命

如今,在我们心中
永铸,谷城的星火英灵!

2021 年 12 月 6 日

走遍大半个中国，去爱你（朗诵诗）
——写给方城烩面

一

我几乎爱你爱得神魂颠倒，如醉如痴
有时看着堆满晒场金黄的玉米
就以为那是你满脸的辣椒红
就想到你香喷喷的辣椒油
有时我望见天上的白云，就想到你
想到你为何能与山羊肉结合，搭配出
深度的秘密。每当我闻到芫荽的芳香
就以为嗅到了你的满面芬芳
想到你散发出的美味，香飘万里
就连睡觉时，我也会梦见你
一位花枝招展的姑娘把热气腾腾的你
捧给我，让我一饱眼福和口福

我入迷，明明是我自己想到了你
可我也会带上妻子和儿女，赶去与你谋面
无论刮风下雨，无论炎炎烈日
我们都会冒酷暑，顶风雨，来到你面前
我们总会一同七嘴八舌地夸赞你

在冬日饥寒交迫的时刻

你是我们的最爱,热腾腾和香喷喷的你

迅疾会驱散我们的饥饿和寒冷

马上会满头热气,进入一个温暖饱食的境地

每当这时,我并不嫉妒满屋里

所有从四面八方赶来爱你的人

我知道他们的爱你,几乎成为了我的爱你

二

我们与你谋面,总会议论到你的长相、岁数

衣着。我们不怕你老,我们知道你的年岁

比你的面片还要长,还要长

记得我第一次见你,就一见钟情了

那是在四十多年前的一天,当时我还是一名学生

经一位老师的引荐,一同来到老潘河桥东头路南

与你相见。从此,我就在心中种下了一棵

永不凋谢的"爱情树",在我心中

生长,开花,结果。如今四十多年了

心中的"爱情树"从未枯萎,一直根深叶茂

使我在爱河里愈陷愈深,愈陷愈深

至今仍使我,神魂颠倒,梦中有你

三

你的魅力、魔力，不仅使我入迷
而且在方城，在南阳，在河南
在中原大地，在中国
如我一样迷上你的，数以万计——
在外的方城人，在方城的外来人
在方城外的人，凡是接触过你的人
凡是听到过你美名的人
没有不被你征服的，没有不如我一样
爱你如醉如痴的。尤其是近年来
爱你的队伍逐渐壮大
这支庞大的队伍，他们慕名前来
他们从五湖四海来，从四面八方来
他们走遍大半个中国，来爱你——

是的，我从云南来，我从新疆来
我从辽宁来，我从上海来……
我乘飞机来，我乘高铁来
我乘班车来，我自驾车来……
是的，我回故乡来，我途经路过来
我第一次慕名来，我第一千零一次来……
是的，我在北京看完老乡转发的
《方城烩面》抖音来
我在云南看完朋友转发的《方城烩面》快手来

我在贵阳看完一段《方城烩面》文图微信来……
是的，我在回国的飞机上看到
《方城烩面》的新闻报道来
我看完《人民日报·海外版》发表的
《中原名吃：方城烩面》的散文来
是的，我看完诗人山羊胡子
发表在《诗刊》压卷诗歌的诗句来
这组诗歌首篇首句我记忆犹新：
"在方城烩面馆里，
你谈论着一首诗的构架、艺术和重建"
是的，我八年前看完央视第4频道
"快乐汉语"栏目播放的
专题片《方城烩面》来……

四

是的，我千里迢迢赶到河南南阳方城
并不是单纯与你约会，我还有别的意图：
在与你相约之后，我还要到
方城三个国家4A级旅游景区，登山、观潭、赏花：
七峰山生态旅游区的七峰山，巍峨竞上
天池水，明镜相连；七十二潭景区的碧潭
清澈见底，若明珠相穿
德云山风情植物园的鲜花，美丽娇艳，四季绽放
我还要一览"天下第一古长城"——楚长城
感受一下方城历史的古老与文明

我还要到方城城区张骞广场
瞻仰一下二十一米高的西汉外交家、博望侯张骞的
雄伟雕像，让他解放一下我故步自封的思想……

是的，当我来到南阳盆地北沿的方城
吃完美味烩面，到处都有我休闲娱乐的场所——
城西新区方城高铁站盛情接迎我的到来
城东新区的发展令人瞩目
"四馆两中心"的文化套餐使我目不暇接
在城北新区"杜凤瑞烈士纪念馆"里
空军战斗英雄杜凤瑞塑像雄姿英发
来到独树镇境内"红二十五军鏖战独树镇战斗纪念地"
二十五米高的纪念碑巍然屹立
在红二十五军鏖战独树镇战斗纪念馆里
一览红军战斗英雄的动人故事，丰功伟绩
在博望镇诸葛亮火烧博望坡遗址地
只见唯一现存的柘刺树，枝繁叶茂，重焕生机……

五

我几乎爱你爱得神魂颠倒，如醉如痴
但我并不怕你变心，也不怕你出走
我愿你把爱洒遍祖国大地
就是你走遍中国
爱上所有的家庭和所有的人

我也会更满意。我愿所有天下的人
都爱上你，走向你
我愿你也爱上他们，让他们天天想你
愿你千里迢迢，主动前去与他们会面
主动走到他们心里
给他们温暖，给他们福感，给他们慰藉——

六

是的，我是"方城烩面"，我也爱你们
爱你们千家万户
爱所有爱我的人和目前尚未相识的人
我愿走遍大半个中国，去爱你
我愿走遍世界，去爱你
我"方城烩面"的初心使命和职责梦想是
用热心、诚心、爱心温暖千家万户人们的心

是的，现在，一大批方城烩面制作能手
已经携带着烩面技术，走出"方城烩面馆"
走出方城，走出河南，走向全国
到北京，到上海，到天津
到海南，到沈阳，到珠海，到拉萨……
现在，在南阳、在郑州、在深圳
在兰州、在青岛、在沈阳……
几乎都能见到方城人竖起的

"方城烩面馆"的醒目牌子，这些
域外"方城烩面馆"，与家乡的一样
门庭若市，生意火爆，口碑极好

七

是的，现在，随着我的发展、成长和成熟
我已经有了更多过去不曾有过的新花样
现在，我的面片，已经不再用手工碾压
已经能用现代机械生产线批量生产
机器碾压的面片，依然和最初手工制作的
一样筋道、柔韧。现在，机器批量生产的
小麦面片，花色多样：
有生的、有熟的；有干的、有湿的
有厚的、有薄的；有宽的、有窄的……
这些，通过梳妆打扮，配上羊肉块、羊骨汤
多味佐料，羊油辣椒油，可以容光焕发
走出方城，走出南阳盆地
走出河南，走向全国——

是的，现在，我摇身一变，还能成为
人们随身携带的"方便烩面"
人们可以带着我，登飞机，坐高铁，上私家车
跟随主人游遍祖国的大江南北
走向祖国各个角落。只要把我提前制作好的

面片、羊肉块、羊油辣椒、多味羊骨汤
融入开水浸泡，不需再煮
即可烩成一碗地道的"方城烩面"
随时能够打开你爱我的心扉
在车上，在景点，在田头、在办公室、在家庭……
享受到我的"变身魔法"，与我交谈
让你快捷入口、充饥驱寒、幸福满满……

八

是的，现在，我不仅能够走出去
"建馆立业"，成为"域外烩面"
也能成为随身携带的"方便烩面"
还能成为走进家庭的"家庭烩面"
你可以通过网购获得
"方便烩面""家庭烩面"。
可以足不出户，就能与家人、亲朋
一同分享一碗碗正宗地道的"方城烩面"

我"家庭烩面"走进一个个家庭
可以使每一个家庭成员都能成为
"方城烩面"的高级厨师
你只要把我醇香地道的羊肉块、羊骨汤
纯真火辣的羊油辣椒油
以及柔韧筋力的小麦面片

加入水中，通过几分钟烩制，即可烩成正宗的
"方城烩面"，一碗一碗分享给你的
家庭成员，让一家人在家庭餐桌上
就能品尝到我的原始美味，就能
满头冒汗，满屋飘香，满心舒畅……
坐在自家屋里，像坐在"方城烩面馆"一样
分享我，夸赞我——
把我地道的"烩面故事"，讲成动听的
"方城故事"。把我遍及方城大地的
"长江烩面""明发烩面""得对烩面"
"正宗烩面""理想烩面""如意烩面"
"小建烩面"……一个一个
夸得锦上添花，四季飘香……

2021 年 12 月 28 日

中国鸟巢
——写在北京 2022 冬奥会之际

中国人用"道法自然"理念
搭建起鸟巢
如今成为世界唯一的"双奥"竞技场

夏、冬之奥,仅间隔十三年时间
世界唯一的"双奥之城"——
北京,挑起"双奥"之担

在 2022 年的"立春"之日
是什么样的刚毅之鸟
从希腊古奥林匹亚遗址衔来冬奥"圣火"
将其植入一枚晶莹圣洁的雪花之内
从此,这鸟巢内
燃起了"融冰之火"——

世界瞩目之焦点
在此,融化世界间隔之冰
和平团结之暖,奋进拼搏之力
在鸟巢里升腾、升腾、升腾……

来自世界运动健儿的竞技热情
"更高、更快、更强"的渴望之心
经久不息的"融冰之火"
在这鸟巢里，将孵化出
无数枚璀璨夺目的金银铜奖牌——

中国鸟巢，世界团结之暖！

2022 年 2 月 10 日凌晨

走进八里岔（组诗）

进士巷

明代两名进士，从村中巷道
经由八里岔人的心
走进了历史——

他们走出八里岔的背影
成为八里岔人梦想的船帆——

遥远的彼岸，闪烁
万道霞光，被八里岔人
视为梦想之光

八里岔人把村中的巷道
命名为"进士巷"
今天走出"进士巷"的数十名进士
（高考大学生）
又一次次，为八里岔人
点亮了智慧的灯盏——

状元墙

推倒无数次失败
埋下千万个愚昧
八里岔人用否定之否定
砌成一面"状元墙"
在"进士巷"的一侧，光荣地站立

从此，八里岔人凝视着墙上
现代状元们赫然的名字
无不被他们的闪光照亮

八里岔人把"状元墙"
视为村里的"光荣榜""英雄碑"
他们从中看到的是
未来的希望——

春联

观赏八里岔"村史家风馆"的人
首先被大小门框上的春联吸引：
一村一部人文史，
千屋千张民俗图；
历尽沧桑大屋依然风韵犹存无笔画，
曾经岁月名村靓了溪流自唱有声诗；

千百间古屋依然黛瓦青砖抬头便赏明清画，
廿余代传人自在淳风朴韵侧耳即闻耕读声。

我走进"村史家风馆"，先阅读到的是
这部《八里岔村史》的"引言"——

刀疤

在村史馆内一个
木门框上，有道日本鬼子当年用大刀
砍下的刀疤
它像世代八里岔人仇恨的牙齿
闪着白光，并发出"嘣嘣嘣"的
切齿声——

木犁和木桶

用古朴的表情
村史馆内那把老木犁
向世人，翻犁出八里岔村的农耕史

那只老木桶，仿佛装满了水
闪烁的光亮，分明照见了
八里岔人当年汲水时的脸庞——

玻璃奖牌

八里岔人用保护眼睛一样的爱心
保护这面朴素的丰碑——
"精神文明建设先进村"玻璃奖牌
（1988年由券桥乡党委政府颁发）
目的是：用这面纯洁的镜子
照出八里岔人心中的杂尘
他们再用保护眼睛一样的细心
擦拭这杂尘——

圆梦广场

八里岔人像告别过去的愚昧一样
用今天聪慧、洁净的梦想
填平村头的污水沟、垃圾场——

在上面建成了用舞步铺就的"圆梦广场"
在夜晚，它被白天借来的阳光
照亮。高悬的月亮
大睁着羡慕的眼睛

从此，舞蹈的八里岔人幸福的表情
在这里，一年四季
都绽放出春天的花朵——

2022年3月9日于龙凤书屋

厚德幼儿园印象(外一首)

子房山载着张良"运筹帷幄"之策①
遥望。甘江河的水蜿蜒向前
她以夜以继日的执着向大海行进

在子房山北麓,甘江河西岸
史上的二郎庙早已坍塌在时间的烟云里②

而如今,在二郎庙自然村的荒坡上
悄然崛起一座厚重的教育丰碑——
方城县厚德幼儿园③

从此,每日每日
在厚德幼儿园
刘正洋、张馨方、刘莉、王喜铃……④

---

① 子房山:位于河南省方城县杨楼镇境内。子房,为西汉开国功臣张良的字。相传西汉开国谋士张良在此山修道,故名子房山。运筹帷幄:张良与韩信、萧何并称为"汉初三杰"。《汉书·高帝纪》中载:"上(刘邦)曰:夫运筹帷幄之中,决胜千里之外,吾不如子房(张良)。"后因以称在后方决定作战策略,也泛指筹划决策。目前,该地为房山行政村管辖,子房山有摞摞石奇景和张良的传说。
② 二郎庙,目前为杨楼镇房山行政村中的一村民小组。相传这里曾有二郎庙建筑。
③ 厚德幼儿园在方城县杨楼镇境内,是该县教体局直属幼儿园,地处子房山北麓,甘江河西岸。
④ 刘正洋、张馨方、刘莉、王喜铃,为厚德幼儿园教师。刘正洋为该园党支部书记兼园长。

她们用茁壮成长的眼神

打量着被春风拂动的幼芽

她们用炙热的母爱，温暖着一棵棵禾苗

她们把乳汁一样的汗水化作雨露

浇灌这荒坡上干涸的田土

她们用童心为童心编织成长的摇篮

希望的梦。她们让荒坡上的幼芽茁壮生长

一步步，生长成郁葱的林木

走进厚德幼儿园，我看见

无数个关于"德"的动词在跳跃——

"厚德载物""以德润才""以德修身"

"以德先行""德才兼备""立德树人"……

走进厚德幼儿园，我看见

张良的智谋化为风，在奔跑——

智谋的风吹进"环境创设"里

吹进"体育游戏"里，吹进"生活课程"中

吹进"主题活动"中……

在厚德幼儿园，我听见

子房山传来诗人李白

关于张良的诗句——

"子房未虎啸，破产不为家

"我来圯桥上，怀古钦英风……"①

在厚德幼儿园，我仰望未来
只见一只只雄鹰
从这里起飞，起飞——

厚德幼儿园里的花草

厚德幼儿园里的花草
四季都生长在湿润的沃土里
四季都生长在春风里
四季都生长在温暖的阳光下

厚德幼儿园里的花草
四季都是绿色的
四季都在茁壮成长
四季都开花结果

厚德幼儿园里的花草
与大海的贝壳握手
与甘江河里的鹅卵石握手
与校园里的"厚德"握手

厚德幼儿园里的花草
是从校园周边引进的

---
① 该诗句见李白诗《经下邳圯桥怀张子房》。

是从更远的地方引进的
是从"厚德"的心灵里引进的

厚德幼儿园里的花草
一转身,就化为了童话
一转身,就化为了树木
一转身,就化为了雄鹰
飞上了苍穹,飞进了银河系——

2022 年 5 月 2 日

时间空间里的外星人（士）

言变形始无中方
无言中万言
无变中万变
无形中万形
无成中万成

三月风（武建华）抽象线画配诗作品《无言及其他》

原载2021年《当代文学·海外版》第43期。

无言及其他（画配诗）

无言中万言，
无变中万变，
无形中万形，
无战中万战。

2021 年 6 月 1 日

附录

专家、诗人对武建华诗集《大地萤光》作品的评论

　　诗人武建华第四部诗集《大地萤光》，体现了作者的乡情、亲情和多方位的人生之情。他的情感是真切的，语言是朴素的，诗情是浓郁的。他为我们呈现了一个从农耕社会向现代化社会变革时期一个人的生命历程和文化追求。他的诗是在为自己立言，也是在为这个时代立言。

　　——林莽（原名张建中，著名诗人、《诗刊》社编委、白洋淀诗群和朦胧诗代表诗人之一）

　　武建华的诗歌写作扎根于让我们感到亲切并充满期待的城乡接合部，朴素而诚实，坚忍而灵醒，锋芒内敛又张驰有度，给人一种脚踏实地的沉稳感。我认为这种写作是中国诗歌走向未来的必经之路，也是我们的诗人在这个革故鼎新的时代所应该保持的最基本的姿态。

　　——刘立云（著名军旅诗人、第八届鲁迅文学奖诗歌奖评委会委员、中国作协第十届专门委员会诗歌委员会成员，《解放军文艺》原主编、《诗刊》社原主编助理）

　　武建华是中原大地上一个忠实的精灵，笃实而浪漫，真挚而热情。《大地萤光》既是诗人的生活之光，情感之光，也是诗人置身其中的地域之光，时代

之光。

——师力斌（笔名晋力，著名诗人、评论家，北京大学文学博士，中国作家协会第十届专门委员会成员，《北京文学》杂志执行主编）

武建华的抒情诗作，素朴而谦和，深情而挚爱，这是永属于大地之子的悲欢放歌，文字血液里流淌不息的是雄浑而奔涌的大爱，它源自亲情与乡愁，爱情与友情，泥土与芬芳，而用炽热的心光与火焰，来照亮一生未曾忘怀的诗思与行走。诗集《大地萤光》如同"大地久远的回响"，纡徐委婉而触人心弦，眷恋缅怀而感人肺腑，他在内心与生活的万物感怀之中，写下生存记忆与生命体验的刻骨铭心，写下聆听与沉默，明灭与远息。这些诗篇犹如心尖上凝结的泪，又如不断重新返回的行途之光，在时间迢远的永逝之风里，带给我们深深的抚慰和坚定前行的温暖……

——张高峰（诗人、评论家、北京师范大学文学博士）

武建华的诗，植根于社会、人民与自然，作者对宇宙万物的情感和热爱，朴实而真诚。他的创作，闪烁出万物的思想之光、精神之光、生命之光……

——宝兰（著名诗人、《特区文学》副总编辑、《特区文学·诗》主编）

读武建华先生诗集《大地萤光》，我似乎看见鸟儿飞过村庄，麦田金浪起伏，万物向阳生长，自由舒展。武建华先生才华横溢，诗中有画，画中有诗，一位诗画兼备的优秀诗人，笔触伸及浓浓的乡愁，难忘的乡情，无法割舍的亲情，难以忘却的友情，骨子里浸淫着诗情画意。诗人的眼里应该时常满含泪水，南阳山水承载着诗人的大爱情怀，一如三月风吹拂大地，萤光照亮夜空，每一次闪烁都是诗人的笔触在闪光。

——张造云（诗人、油画家、《当代文学·海外版》总编辑）

原乡记忆里，我们如何点亮内心的灯盏
——谈诗人武建华诗歌的乡愁元素

张高峰

在社会历史性变化的现代性浪潮里，精神家园方位的确认和回返，与诗歌如何记得住乡愁，进而有效面对生命经验的主题，越发成为诗人探索诗歌题材历史承载力可能性的应有之义，也正是在此意义上诗人往往成为时代精神势能和重量的言说者，在抒写记忆的视野里深深地扎下文化的根系节脉。"乡愁"作为普遍性的人类存在感知文化，一直以来都是文学，尤其是诗歌所倾心关注的内容，对于原在故乡的书写，往往连带着诗人精神家园的皈依。在如今现代性去根化的趋势里，"乡愁"已经不仅仅只限于对于故乡的思恋，也更为本质地象征着生命个体存在所可温暖栖息的生命本源之地。

从旧日泥土里滋生出精神指认的根须，并终而汇聚催发出盘诘不断的"乡愁"繁花，正是诗人武建华诗歌给我留下的印象。他的文学创作已历经三十多年，在这默默的耕耘里，他在他的诗歌内容里涵容了复杂的"乡愁"主题与生命意象迹写，如浓在心尖的亲情乡情，生养在土地上的良善道德性追求等等方面，围绕人性"七情"的诸种诗意探索，渗透出时空跃迁中人类存在境遇内基本而难解的命题：乡愁，"乡愁"元素成为诗歌永"在路上"的时代表达。因此主体抒情的视点便较为精敏地呈现为"反观"的记忆打捞与捕捉。诗人对于时代主体性的期待，表现在诗歌里呈现为对于生于斯长于斯的人民发自心灵的强烈赞歌和抚慰，这正如诗人诗学观所表达出的那样："人民是太阳，诗是阳光中的风、玫瑰和疤痛……"这如风如疤痛的诗思，也便在生命的轻与重间，持续抵达离乡土记忆越来越远的乡土想象，成为现代性行程里社会思想的时代痛结。武建华以其个人历史化的社会印迹，行思在地域性美感特征的深处，满载着遥远的乡愁，留下南阳乡土宽厚的生存经验，这乡愁如河般流经诗人记忆的心房，使我们疼痛，使我们在现代性荒凉的风景里，回望已逝村庄曾有的诗意感动，正如诗人在《飘飞的羽毛》里写下的那样，"生命从死亡中起飞，寻找再生的源地"，原乡虽然已经历史性地消失，但它也定会在我们的追忆里再次苏生。诗人"耘锄"不懈，将诗性的船锚，深深地抛进了故乡——那一片久违了的记忆大海，光亮粼粼波动，闪现出澄澈的思想活力。

在武建华的诗歌创作当中，他以自己生命体验的个人精神词源不断拓展着诗性空间的延伸，诗歌内部充满与历史镜像里生活细部的对话，更为深切的诗歌抒情受惠于我们伟大的诗歌源头的持久影响，回响着《诗经》民间风韵的遗绪。当然，这里更多的是指向诗人将诗艺的凝炼投入到以往的生活体验之中，体现出较为强烈的"风雅"传统精神，连同真实的社会变迁省察，与历史涓流点滴的疼痛欢乐，都深蕴其中。自 20 世纪 90 年代以来诗歌现场不约而同地转向不同程度的叙事性实验，诗人武建华所创作出的诗歌，粘带着来自泥土的记忆，叙事性中转化着个人生命体验的视景，在诗歌更充分地实现以不丧失艺术性为代价的介入社会现实意义上，富有既往诗歌文化积淀，也相应地不断实现着新的传统延续。诗歌评论家程光炜曾认为，"艾青的诗学贡献摄其要者，主要集中在富有张力的意象创造、立体化和散文化形式构筑、确立个体生命与时代精神相共振的新型关系"，借此用来体察武建华的诗歌风格追求，也是契合的。正是"个体生命与时代精神共振"的自觉民间立场，源于土地的歌唱，使得他的诗艺形式的张力增强，重意象营造，素朴的情感韵律过程中富含散文化冥想特色，给人以明亮的忧伤诗艺美感，激发出浸透生活的坚实思索。现代性的"乡愁"布满远离故乡漂泊的生存体验，词语对存在的寻找，充满着记忆对诗歌光辉闪现的赐福，代表性的诗篇有《泥土的气息》《流经生命的河》等：

> 我嗅到了洋槐花的暗香。在潮湿里
> 摇曳着枝干，簇动着花束，碰撞着头颅
> 串串笑声，沿着花香坠入泥土；粒粒乡愁
> 在泥土的气息中生根，发芽；片片枯叶
> 在暮秋或冬风中飘逝
> 泥土的气息氤氲着，使乡村和田野
> 弥漫着一拨一拨的生机
> ……
> 只要我面南伫立，泥土的气息就
> 扑面而来：刻在岸上的皱纹
> 隔着月光的凝视，挂在草尖上的笑声和
> 泪珠……它们不亚于春风，不亚于秋雨
>
> ——《泥土的气息》

> 故乡的清河，一直在我心中流淌
> 她的宽阔和悠长
> 成为我生命的海岸线……
>
> 她时常是我梦中的温床
> 她又时常摇醒我的迷梦
>
> ——《流经生命的河》

"泥土""田野""故乡的清河"意象，源自诗人对乡土大地的诚朴热爱，在诗歌里满溢着仁爱的芬芳，"扑面而来""又时常摇醒我的迷梦"。这些始自民间的"乡愁"元素，既有以往诗歌意象的碰撞，也有着诗人自我情感的注入，"河流"与乡土的风物往往凝视为情感的客观对应物，恰似"粒粒乡愁"融入诗人回眸的感怀之中，带有鲜明地域性的"苞谷""红薯"等意象成为诗人汇聚"乡愁"的具体化表达，"冬雪飘落，薯窖柴封／南阳盆地缘上的人，又开始吃着红薯／取暖越冬……"有时诗人对于"乡愁"的眷念，丝丝化为追忆亲人的生命心象的陌异呈现，缓缓叙事性的抒写里按捺不住流淌着一股动人的思念和忧伤，如《雪人》《母亲》《侍奉母亲的茅草》《捉棉铃虫的妹妹》等：

多少年了，我的眼前，总有一个雪人

在晃动：一个雪人骑着自行车

在乡间雪路上，向城里的方向晃过来

白雪，刺伤了我的眼睛。一转眼

雪人就不见了。我飞下雪沟

将雪人"打捞"上岸。我用身体支起

一个僵硬的身躯，并擦掉他满身和

满脸的冰雪。这时，我才看清——

雪人竟然是我的父亲：瘦骨嶙峋

他顶不住落雪的北风——

（他明白：正在县城读高中的我，明天

就没餐票了）

这时，父亲骑的自行车

还在雪沟里躺着，百余斤的面袋子

与白雪的色彩一模一样……

多少年了，我的眼前，总有一个雪人
在晃动……

——《雪人》

想让母亲喝一碗现成饭
这是我多年的心愿
这天我终于挤出了闲暇
做了一碗现成饭，端给母亲
可到她长年一人居住的屋里
发现她已经出远门走了
怎么也不提前打个招呼

——《母亲》

把绿色的棉铃咬个洞，钻进去
咬破一个个温暖的希望
这是妹妹，站在棉田的夕阳下
捉棉铃虫时的心情——
……
村庄灯火通明
妹妹回到家里，妈妈已把油灯挑明——

——《捉棉铃虫的妹妹》

诗歌里对于亲人的思念之情，感人至深，诗人选择的生命经验情感叙述，转化为"雪人""出远门的母亲""夕阳下捉棉铃虫的妹妹"等具体细节性的意象记忆摄取，揭示生存的同时，也隐隐地拷问着自我灵魂，伴随着对父母的一种愧疚感，暖暖的情感流露出诗人对于昔日乡土亲情深沉的爱。波兰诗人辛波斯卡曾有"呼唤雪人"的心灵自由的抒发，而武建华写下的"雪人"则满满地呼唤着情感的依恋，充满着对父亲深深的眷念，精准而极为触人心弦地传达出父亲背负苦难的生命律动，于此捻进了"乡愁"里泊满风雪的心，没有极为真诚的生命体验和生存敏识，不会写出如此痛感的诗篇。那"落雪的北风"里，"晃动"的"雪人"艰难地骑行在乡土大地，亲情裹含"乡愁"沉沉的疼痛溢于言表，具体历史生存情境的诗写浮现，使得歌赞与怀念之情凝结为水乳交融的一体。这和诗人淳朴的表达旋律、开阔的诗境是分不开的。

武建华力求在自己的生命感受中写出精神故乡，诗篇中积淀下浓厚的文化归属感，并且以崇高而广博的生命心象来迹写原乡记忆的心灵复归，犹如时代里"奔跑着呼唤宁静"的光亮。对于存在境遇的勘探，诗歌标出了"语言的吃水线"，也成为了心灵静美的"休止符""令周边明亮而温暖"。面对时代的迷津，正如诗人所说出的那样，"前方是哪里？前方是田头还是海岸？是落日还是时间的边缘？"然而不管时光如何流转，我们依然会在历史记忆里看到诗人返身站立，遥望那一片精神的原乡：

然而那些久远的召唤

依然像乡村母亲站在村口温暖的守望

注：原载 2016 年《躬耕》第 7 期、2016 年《南阳日报》5 月 27 日文化周刊、2019 年《当代文学·海外版》第 39 期"诗歌评论·诗人作家武建华作品评论专辑"。

作者简介：张高峰，男，诗人，北京师范大学文学博士，河北省作家协会会员。出版文学研究著作《修远的天路》、诗集《转述的河流》《千月》《原乡的信使》

《青麓》《云霜之树》《鹿雪》《雨旅山行》《云翳之丘：昌平歌集》等多部。诗歌及文学评论散见《诗刊》《星星》《作家》《名作欣赏》《文艺报》《新京报》《中华读书报》《扬子江诗刊》《诗选刊》《中国语言文学研究》《理论与创作》等报刊。诗歌作品被译至海外，多语种传播，入选《2015当代汉诗双语年鉴》，曾获首届"骑士杯"诗歌大赛一等奖等奖项。

以人民为中心的创作才能走向世界
——谈诗人武建华诗歌的人民性

郭国祥

我于2004年初次与美国慈善家内森·贝尔先生交往时,是用诗的形式。我的一首诗《致内森·贝尔先生》深深打动了他,他立即给我回信,十分赞同我的诗句:"尽管有人播撒战争恐怖,将人类之爱肆意毁坏,但会有更多的人抚平创伤、修补友爱,世界的仁慈总会有一些大胆移栽……"并表示决心在中国做好他的慈善事业。短短几句诗却打通了两国民族之间的隔膜。当时我仅仅是与内森·贝尔一人一诗的交往。而河南方城诗人武建华却用的是《泥土的气息》《捉棉铃虫的妹妹》《流经生命的河》《自画像》《很少看到父母肩并肩》《清明日祭母》《茅草》《嫣遇情绵》《武建华画配诗》等一系列诗歌,来与广大的美国人交流,我打心眼里佩服诗人武建华。因为,他的诗不但在我们国内被读者喜欢,而且还受到了美国等国读者的喜欢。据悉:至目前,他已有三百余首诗歌、散文发表于海外《当代汉诗》《当代文学·海外版》《诗眼》等多个文学期刊。其中近百首诗歌被翻译为多个语种在海外传播,数十首诗歌作品入选海外《2015当代汉诗双语年鉴》、美国亚特兰大孔子学院2015、2019、2020年双语《阅读》教材。他的诗歌以海外文学期刊和孔子学院为依托,漂洋过海,在美国、瑞士、英国、法国、日本等多国人民中枝繁叶茂,频频开花。他用诗歌打开了世界人民进入中国人民内心的一扇扇窗口，功莫大焉，值得称道。道其原因，武建华的诗歌，坚持以人民为中心的创作导向，描绘出了世界人民对幸福美好、真善美的共同向往，对祖国大地、泥土家园的共同热爱；讴歌了世界人民勤劳善良、不辞劳苦的共同品格；表达了全世界人民热爱和平、希望命运向好的共同精神文化需求。由此可见，以人民为中心的创作才能表达世界人民相通的原乡思乡情感、勤劳善良品质、精神文化向往，才能打开世界人民认识世界、交流思想的窗口，作品才能得以走向世界。

首先，他借喻以泥土唤起世人对家园的眷恋。泥土是全世界人民赖以生存的家园。泥土是文化的根，是表达人民思想的简洁方式，是人民的代名词。诗人捉刀泥土，刻画泥土，一下子缩短了中国文化和美国文化乃至世界文化的距离。现就拿《泥土的气息》来说诗人武建华打动美国人民的成功之处吧。细细读来，诗歌《泥土的气息》所描绘的是一座雕像，不是一个人的雕像，而是整个大地泥土家园的雕像。泥土是什么样子？家园是什么样子？人民是什么样子？他诗中的"岸上的皱纹""隔着月光的凝视""草尖上的笑声和泪珠"……就是泥土、家园的样子，人民的样子。这些美丽的图景，中国有，美国有，世界各国都有。在这美丽的泥土凝聚的家园之上，是一种幸福恬淡，是一种惬意爽快，是一种生活追求，更是一种对泥土的沉思和眷恋。请看《泥土的气息》中的部分诗句：

"……在三十年的白天和夜晚／只要我面南伫立，泥土的气息就／扑面而来：刻在岸上的皱纹／隔着月光的凝视／挂在草尖上的笑声和泪珠……／它们不亚于春风，不亚于秋雨／时常让我陷入深思和眷恋之中……"

泥土，是一种高贵；泥土，是一种偶像；泥土，是一种化身；泥土，是一种家园。这难道不是一座雕像么？所以说，泥土是有气息的，这种气息，可以雕刻在岸上，伟岸而高大；可以化作流淌的月光，清澈而透明；可以是挂在草尖上的笑声和泪珠，成为苦涩而又甘甜、委婉而又放情的歌声；泥土是深思，是春风秋雨，是无边的眷恋，是世界上所有劳动人民的喜怒哀乐……诗人运用泥土的雕像回答了"全世界泥土家园都是一个样子的""文化无国界""对故土家园的眷恋无国界""对美好生活的向往无国界"这一系列问题。泥土无所不能无所不包，供养着家园，供养着整个世界。而全世界人民不正是这样的泥土吗？诗人武建华对人民无比热爱，所以他写下了几乎被人遗忘的泥土，从中提炼出泥土的精华，即泥土的精神来。这种精神就是一种气息，就是中国美国全世界泥土的气息。不管你是中国人、美国人，乃至世界上的所有人种，统统被唤起了对自己土地的热爱、对家园的眷恋。这样的好诗中国人民喜欢，美国人民喜欢，世界人民喜欢。这正是武建华诗歌得以走远，跨越国界的魅力所在。

其次，他用爱讴歌人民的勤劳善良。他以自己最亲爱最美丽的妹妹作为人民美好的化身、作为偶像，来塑造勤劳善良无私的中国人民、美国人民乃至世界人民，这又是诗人作品的巧妙之处。请看诗人《捉棉铃虫的妹妹》中的镜头，他没有选取头顶烈日挥汗如雨的中午，而是棉田一角的夕阳下的劳作，这种刻意选取夕阳，正是诗人在展现夕阳对于人类的强大和体贴、对于人类的包容和爱恋。在这种背景下，把一个劳作的少女剪接在大自然中，镶嵌在所有人的视野里，触景生情，爱屋及乌，进一步焕发出了人类深层人性的光辉。

妹妹专注于劳作，专注于扑捉棉铃虫，就是专注于自己的希望，就是专注于一个完整的绿色之梦！夕阳的余晖，不能使一个人放松希望和梦想，相反，即将的落日，执拗地牵着妹妹的希望和绿色的梦不肯撒手，瞄着希望和梦想与自己的心情向前走。诗人描绘的一幅美丽画面跃然大地之上：棉花的枝叶扇动起来，那是在欢呼；妹妹的口红染红了白云变成了晚霞，这一装扮自己的口红随着汗滴抹下，劳碌素面，但整个世界却被妹妹的魅力染红了。诗人用爱描绘出的妹妹勤劳善良、不畏艰难、追求理想的性格和形象，便跃然纸上。请参见《捉棉铃虫的妹妹》中的部分诗句：

"……把绿色的棉铃咬个洞，钻进去/ 咬破一个个温暖的希望/ 这是妹妹，站在棉田的夕阳下/ 捉棉铃虫时的心情——// 绿叶扇动着夏日棉田的热气/ 早上刚刚下过一场雨，地面潮湿/ 闷热的湿气漫过妹妹的发髻// 粉红的棉蕾在风中摇曳/ 棉铃虫有时也钻进/ 红色的花蕊。也如妹妹/ 早上涂上的口红，现在，已被片片棉叶/ 抹得无影无踪……太阳沉下，棉海泛起潮声……"

其三，他用"人民"这一思想精神高度表达爱。反映人民就是最高的思想表达。武建华诗作成功的原因是多方面的，但归根结底来源于他运用"人民"这一思想精神高度来表达对大地、对泥土、对家园的挚爱。他是人民中的一员，他的诗就是要成为人民的代言，永远反映他所处的人民这个伟大的群体。他尤喜好讴歌农民的淳朴善良、承载力极强、能够成为国家基石的品质。武建华参加工作后，成为一个诗歌追求者，既是诗歌爱好者，又是一个责任心极强的诗歌写作者和诗歌园地的守望者。唐《悯农》诗"锄禾日当午，汗滴禾下土。谁知盘中餐，粒粒皆辛苦"化于其心、融于其血汗。他知道，只有植根于人民、扎根于泥土的诗人，只有以人民为中心进行创作的诗人，才能获得最有出息的诗人称号。因此他的诗作始终具有对人民牵肠挂肚的挚爱情怀。我读武建华近年来出版的诗集《七情》《时间的片羽》、散文集《阡陌情》等几部文学专著之后，觉得他的诗里永远流淌着人民的血汗（他的首部散文集《阡陌情》同样表达的也是大地阡陌中的人民普遍情感），符合植根于人民、以人民为创作中心、对人民牵肠挂肚的诗人特质。武建华的诗达到了一定的思想高度，精神高度，必然汲取了诸多营养——古今中外的诗歌营养，所以他的诗才可能具有一定的思想深度、精神指向和艺术高度。武建华在做什么，他的诗就要反映什么；他走向哪里，他的诗就朝向哪里迈步；他看似稚嫩的诗作，其实很厚重。要回答这些，请看《流经生命的河》中的诗句：

"故乡的清河，一直在我心中流淌/ 她的宽阔和悠长/ 成为我生命的海岸线……// 她时常是我梦中的温床/ 她又时常摇醒我的迷梦……// 跟随河流的方向/ 朝向广阔大海的方向/ 我成为充满生机的流动的水草……// 在愈来愈接近大海的地方/ 回望，故乡的村庄原本如此渺小/ 河流原本如此狭窄……// 但清河水终究要把我带入大海/ 当我在大海里遨游/ 故乡成为我永远生命的发源地/ 清河水成为我体内流动的血液/ 成为我/ 伟大的源头，辽远的视野/ 成功的起跑线，不竭的动力……"

"人民是太阳，诗是阳光中的风、玫瑰和疤痛！"（见武建华诗歌《阳光下的诗行》）这就是诗人武建华的诗歌观念、诗歌视野、诗歌情怀以及成功渊薮！

注：原载 2019 年《当代文学·海外版》第 39 期"诗歌评论·诗人作家武建华作品评论专辑"。

作者简介：郭国祥，中国通俗文艺研究会会员、河南省作家协会会员。出版诗集《清明雨》《剑之灵》《百年长歌》、长篇历史小说《汉博望侯张骞》、长篇纪实文学《血战独树镇》、电视连续剧本《红军血战独树镇》《汉博望侯张骞》等多部。作品曾获得多次奖励。